# 乙女ゲームの破滅フラグしかない悪役令嬢に転生してしまった…9
## 特装版

山口　悟
SATORU YAMAGUCHI

一迅社文庫アイリス

# CONTENTS

# 破滅フラグしかない
AKUYAKUREIJYOU NI TENSEI SHITESHIMATTA
# 悪役令嬢に転生してしまった…

## 人物紹介

### キース・クラエス
カタリナの義理の弟。クラエス家の分家からその魔力の高さ故に引き取られた。色気のあふれる美形。魔力は土。

### アラン・スティアート
ジオルドの双子の弟で第四王子。野性的な風貌の美形で、俺様系な王子様。楽器の演奏が得意。魔力は水。

### ジオルド・スティアート
王国の第三王子。カタリナの婚約者。金髪碧眼の正統派王子様だが、腹黒で性格は歪みぎみ。何にも興味を持てず退屈な日々を過ごしていたところで、カタリナと出会う。魔力は火。

### マリア・キャンベル
『平民』でありながら『光の魔力を持つ』特別な少女。本来の乙女ゲームの主人公で努力家。得意なことはお菓子作り。

### メアリ・ハント
侯爵家の四女でアランの婚約者。可愛らしい美少女。『令嬢の中の令嬢』として社交界でも知られている。

### ソフィア・アスカルト
伯爵家の令嬢でニコルの妹。白い髪に赤い瞳のため、周囲から心無い言葉を掛けられ育ってきた。物静かで穏やかな気質の持ち主。

### ★セザール・ダル
エテェネル国の王弟。褐色の肌の美男子。

### ★アン・シェリー
カタリナ付のメイド。
カタリナが八歳のときから仕えている。

# 乙女ゲームの
OTOME GAME NO HAMETSU FLAG SHIKANAI
# 悪役令嬢

## カタリナ・クラエス
クラエス公爵の一人娘。きつめの容貌の持ち主（本人曰く「悪役顔」）。前世の記憶を取り戻し、我儘令嬢から野性味あふれる問題児（？）へとシフトチェンジした。単純で忘れっぽく調子に乗りやすい性格だが、まっすぐで素直な気質の持ち主。学力と魔力は平均かそれ以下くらいの実力。魔力は土。

## ニコル・アスカルト
国の宰相であるアスカルト伯爵の子息。人形のように整った容貌の持ち主。妹のソフィアを溺愛している。魔力は風。

## ソラ・スミス
魔法省に勤める、火と闇の魔力を持つ青年。ゲームの続編の攻略対象。カタリナを気に入っている。

### ★ラーナ・スミス
魔法道具研究室の部署長。カタリナの上司。有能だが変わり者。

### ★サイラス・ランチャスター
魔力・魔法研究室の部署長。真面目で堅物。ゲームの続編の攻略対象。

### ★ラファエル・ウォルト
魔法省に勤める青年。穏やかな性格の持ち主で有能。

### ★デューイ・パーシー
飛び級で一般の学校を卒業し魔法省に入った天才少年。ゲームの続編の攻略対象。

### ★ポチ
闇の使い魔。普段はカタリナの影の中にいる。

### ★ルイーズ
『港のレストラン』の女店主。魔法省職員の身分を隠し暮らしている。

イラストレーション◆ひだかなみ

I was reborn as a villain daughter

# 第一章　港街オセアン

薄暗い室内には少女の啜《すす》りなく声が響いていた。

いつまでも続くその声に俺《おれ》が、

「大丈夫だ。怖いことはないぞ」

と笑顔を作って言ってやると、少女の涙は少しだけ落ち着いた。

極力、少女を怖がらせないように優しく接する。

それは決して優しさや、ましてや突然、親元から攫《さら》われてきた少女に対する同情などではない。たんに泣かれたらやっかいでこの先の世話が面倒だからだ。

商品価値の高いこの少女を傷つけることなく、商売相手に届けるのが俺の今回の仕事だ。

俺のような捨て駒《ごま》にその内容は詳しく教えられていないが、それでも相当な金額が手に入ることになっている。

少し落ち着いた少女のお腹《なか》がぐっ～と鳴った。

「何か食べるものを買ってくる」

そう告げ、他《ほか》の仕事仲間に少女を見ているよう頼み、外へと出る。貼《は》り付けていた笑みが一気に取れる。

表情の抜けた顔を港特有の塩気を含んだ風が撫《な》でていった。

通りに出れば活気にあふれた人々が行き交っている。

南で暖かい気候のせいか、ここの人々は穏やかだ。

そしてお国柄か平和ボケしている。

この近隣で一番の大国ソルシエ、奴隷制度もなく人身売買も国が禁止し、国民の人権を守っている。

平民への教育も行き届き、識字率も高い。平和で豊かな国。

俺もこの国に生まれれば、こんな風に裏稼業を転々として生きる必要もなかったのだろうか。

行き交う人々の幸せそうな顔にそんな思いが浮かんできた。

しかし、そんなことを考えても意味のないことだ。

現実、俺はこの豊かな国には生まれず、荒れた国のスラムで育った文字も碌《ろく》に読めない孤児だったのだから。

俺は軽く頭を振ると、いつもの笑みを作り食料を買うべく店へと向かう。

★★★★★

「わぁ～、何か景色《けしき》が違ってきたわ」

馬車の窓の外に見える景色の変化に私、カタリナ・クラエスはそう感嘆の声をあげた。

同じ馬車に乗っている上司ラーナが、

「ここは王都に比べてだいぶ南のほうで、育っている植物なんかも違うからな」

と教えてくれた。

そう言われてよくよく窓の外を眺めれば、植わっている木は南国風のものだった。

そんなに遠くまで移動した訳ではないのに、こんなに違うとはすごい。

これもここが乙女《おとめ》ゲームの世界だからなのかしら、そんな風に思った。

私には実は人に話していない秘密がある。それは前世の記憶を持っているということだ。

八歳の時にお城で転んで頭をぶつけて思い出した前世の記憶は、日本という国でちょっとオタクな女子高生だったというものだった。

不運な事故で命を落とし、今度は公爵家の令嬢として生まれ変わった訳だが、しばらくして私は気が付いてしまったのだ。

この今世の世界が前世で亡くなる直前にやっていた乙女ゲーム『FORTUNE・LOVER』の世界であるということに！

おまけに私、カタリナ・クラエスはゲームに登場する向かう先は破滅しかない悪役令嬢だったのだ。

気付いた時にはすごく焦ったが、魔法学園に入学してゲームが始まるまでの七年、様々な対策を考え努力を重ねた結果、無事に破滅を乗り切ったのだった。こうしてめでたしめでたしとなるはずだったのだが……。

ゲームの舞台である魔法学園を卒業し、仲良くなったゲームの主人公マリアと共に魔法省という国の組織に入省した時に実はゲームには続編があり、その舞台が私たちの入省した魔法省だということを知ってしまったのだ！

しかも私、カタリナ・クラエスはIで追放されたのにまた舞い戻って悪役に返り咲いた上に再び破滅するというとんでもない役柄だった。

せっかく苦労して破滅を乗り切ったというのにまた破滅の危機！　そんなの絶対に嫌だ！　と私はゲーム続編をプレイしていないので内容がよくわからないという中で、たまに見る前世の友人がゲーム続編をやっている夢と残された謎《なぞ》のメモを頼りに破滅の回避を模索中なのだ。

そしてゲームの強制力なのか、偶然にも国で禁忌として秘匿《ひとく》されている『闇《やみ》の魔法』とか『使い魔』とか『契約の書』とかドンドンと悪役のアイテムを集めてしまいつつも魔法省でのお仕事に励んでいる。

今こうしてここソルシエの南に位置するエテェネルとの貿易港オセアンという場所に向かっているのも魔法省の仕事の一環だ。

少し前に魔力を持つ男爵家の令嬢が行方《ゆくえ》不明になったのだ。

その行方を調べているうちに令嬢が誘拐され、人身売買されそうになっているというような情報を私が（偶然）掴《つか》んだ。

おまけにその人身売買にはソルシエの『闇の魔法』を持つ者が関わっている可能性が高いと

いう。

そのため闇の魔力に対抗できる同じく闇の魔力持ちの私、同期で同僚のソラ、そして光の魔力保持者のマリアが選ばれ、人身売買が行われている可能性があるというこの港街オセアンに上司であるラーナと共にやってきたという訳だ。

令嬢が攫われてだいぶ日が経《た》っており、事態は一刻を争うと、つい先日まで行われていた近隣諸国との会合が終わったと思ったら、すぐにここまで連れてこられてしまった。

そんな風にスケジュールはだいぶ強行軍だったが、それでも出発前には友人たちが見送りにきてくれた。


「カタリナ、くれぐれも余計なことには首を突っ込まないでくださいね。危ないところには行ってはいけませんよ」

ジオルドが眉《まゆ》を寄せてそう言えば、キースも同じような顔をして
「義姉《ねえ》さん、お菓子をくれるって言っても知らない人にはついていっちゃいけないからね」

そんなことを言ってきた。

「……いや、私も、もう十八歳の立派な大人《おとな》なんだけど……」

二人のあまりの子ども扱いにそう返したのだが、今度はメアリが目をキラリとして前のめりになった。

「いえ、だからこそ危険もいっぱいですわ！　もしものためにこれをお持ちください。これが

目潰《つぶ》しの薬で、これが身体《からだ》をマヒさせる――」

「ちょ、おい、メアリ。そんな物騒なものをどこで……というかこんなものをガサツなこいつに持たせる方がよほど危ないだろう」

何やら物騒な単語とともに鞄《かばん》から謎の液体の入った小瓶などを取り出してきたメアリを、アランが必死に止めていた。

うん。私としてもあの不気味な色の液体はちょっと持っていきたくないな。もし割ったら大変なことになりそうだもの。

「あの、カタリナ様、道中でお暇だったらと思いこれを――」

うっとり笑ってソフィアが差し出してくれたのは、ロマンス小説と思われる本だった。ただ結構な冊数がある。嬉《うれ》しいが、読み切れるだろうか。

「ソフィア、カタリナは遊びに行くんじゃないんだぞ。仕事に行くんだ。そんなもの読んでいる暇はない。それは家に持って帰りなさい」

あっ、何冊かは借りたいななんて思ったけど……ニコルに言われてソフィアはあっさりと引いてしまった。

私もしっかり者のニコルを前に「いえ、少しなら」と言い出せず、そのまま本を見送った。

結局、道中につまめるお菓子と『とにかく気を付けて』『余計なことはしないで』という言葉だけをもらい出発することとなった。

「そろそろ出しますよ」

そう言って馬車から顔を出したソラに、ジオルドが、

「くれぐれもカタリナをお願いしますよ。くれぐれもおかしなことにならないように」

とどこか黒い笑みを浮かべて念を押し、ソラは少し引き気味になりつつ頷《うなず》いていた。


そんな風にまるで遠い地に行き長く別れるかのように見送られてきたが、実際に行くのは自国の南側の土地なだけなんだけど……と思っていたのだが。

窓の外に映る見慣れない景色にテンションが上がってきた。

そこに広がる景色はまさに南国、ヤシの木みたいな木々が並び目にしたことのない艶《つや》やかな花が咲いており、行き交う人々も王都の人と違い日に焼けた小麦色の肌をしている。

前世でいうところの南の島的な感じである（行ったことはないが）。

「もうすぐ目的の場所に着くぞ」

初めての南国風の雰囲気になんだかワクワクしていたら、ラーナからそう声がかかった。

「各自、自分の設定には目を通したな」

「「はい」」

ラーナの確認に私たちはそう返事をした。

設定というのはこれからお世話になる場所での私たちの身分などのことである。

今回のオセアンへの魔法省からの派遣は以前に行った狸《たぬき》退治のように頼まれた訳ではなく、内密に探りを入れるというものだ。この間、お城の会合でマリアやソラが行っていた潜入捜査

のようなものなのだ。

だから、大っぴらに魔法省職員であること、身分が高いことを知られると警戒されて捜査しにくい。

そのためここでは私たちは魔法省の職員でも貴族でもなく平民の一般人として過ごすこととなっている。

密《ひそ》かに魔法省とつながっているという食堂で、田舎《いなか》の親戚《しんせき》で出稼ぎに来たという設定で働き、情報を集めることになっている。

ラーナがこの設定を持ってきた時、ソラとマリアは働きながらというものだったが、私だけは少し身分の高い観光客ということで仕事が振られていなかった。

理由は魔法省のお偉いさんから『公爵家の令嬢に平民の給仕をさせるのは』と言われたためだったが、私はそれを断り自分もマリアたちのように働くことを希望させてもらった。

元々、魔法省でも肉体労働に従事していたし、前世ではオタク資金を調達するためにレストランでアルバイトしていたので、それなりにこなせる自信があった。

何より一緒に来た同僚が働いて情報収集しているのに、一人だけボケーとしているのはあまりにもいたたまれなかったためである。

こうして、私もマリアとともに店で給仕として働くこととなり、ソラは、日中は船の積み荷作業場で夜は店の用心棒として働くこととなった。

ちなみにラーナは変装の達人であるので、色々と姿を変えて潜り込んで情報収集するらしい。

そこは詳しくは教えてもらえなかった。

「さぁ、着いたぞ」

ラーナにそう言われ、私たちは馬車から降りて外へ出た。

ふんわりと風が吹いて潮の匂《にお》いがした。

「風から潮の匂いがする」

こちらの世界で初めて嗅《か》いだ潮の匂いの風にそう声を漏らすと、

「ここは海から近いからな」

とラーナが教えてくれた。

「海！」

私は思わず歓声をあげてしまった。

「カタリナ嬢、海は初めてなのか？」

「はい。初めてです」

前世では夏になれば海水浴に行ったりとそこそこお馴染《なじ》みの場所だったが、今世ではまだ海を目にしたことがなかったので、海という単語にさらにテンションが上がった。

「そうか、なら時間が空いたら見てくるといい」

優しい上司であるラーナがそんな風に言ってくれたので、私は是が非でも時間が空いたら海を見に行こうと決めた。

「あの、私も海を見たことがないのでぜひその時はご一緒、させてください」

同じく海を見たことがないというマリアもそう言ってきたので「一緒に行こうね」と約束した。

こちらの世界の海はどんなものなんだろう、とても楽しみだ。

馬車を降りた場所から潮の匂いを嗅ぎながら、働く人も並ぶ店も南国風の通りをしばらく歩くと、その建物は見えてきた。

赤い塗装のされた屋根に『港のレストラン』と何のひねりもない店名の看板が打ち付けられていた。

見た目は古くはないが新しくもない感じだ。

入り口には準備中の札がかかっていたが、ラーナは気にすることなくその扉を開いた。扉についていた鈴がチリンチリンと音を立てた。

中にはテーブルと二、三人掛けの椅子《いす》が十数組並べられており、入って右側にはカウンターと思《おぼ》しきテーブルがつけられていた。

その見た目と同じで、中身も古くも新しくもないという感じだが、きちんと掃除が行き届いているようで清潔感はあった。

「おい、着いたぞ」

ラーナが入り口から中に向かってそう声をあげると、

「あら、もう着いたのね」

とカウンターの中から声が聞こえてきた。

どうやらカウンター下で何か作業をしていたらしい人物が立ち上がり、カウンターを出てこちらへとやってきた。

「お久しぶりね。ラーナ。連絡を受けて時間がなかったから、まだ準備が整っていないのよ。悪いわね」

ラーナにそう言って、私たちの前に立ったのは二十代後半くらいの女性だった。

その発言からラーナとは顔見知りらしい彼女は茶色の瞳《ひとみ》と髪をしており、腰のあたりまで伸びた髪を無造作に後ろで括《くく》っていた。

取り立ててすごく美人という感じではないが、なんだかだいぶ色っぽい女性だ。

「いや、急だったこちらが悪いのだからそれは構わない。準備は自分たちでやる」

ラーナはそう言うと、女性に私たちを示し、

「右から、カタリナ・クラエス、マリア・キャンベル、ソラ・スミスだ」

そう紹介した。

さすがラーナというかなんというか、名前だけというなんとも簡単な自己紹介だったが、慣れているのか女性はそれに動じることなく、

「了解したわ。手紙と一緒にあなたたちのことも資料で詳しく教えてもらっているけど、ここでは皆、平等に名前で呼び捨てにさせてもらうわね。ちなみに私はルイーズ、呼び捨てで構わないわ」

とさらりと返した。

「じゃあ、早速だけど時間も惜しいから部屋に案内させてもらうわね」

ルイーズはそう言うと私たちについてくるように促した。

レストランの入り口とは反対にある奥の扉をくぐると廊下に続いていた。

そこは表よりいくぶん暗かったが、それでも清潔に保たれていた。

廊下を進んだ先にいくつかの扉があり、その一つをルイーズは開いた。

「ここと隣、それからこの廊下の突き当りが従業員用の部屋なのよ。皆つくりは同じ。しばらく使ってなかったから、少し埃《ほこり》っぽいかもしれないわ」

部屋の中にはベッド、タンス、机と椅子が一つずつ置かれていた。

必要なものだけの質素な部屋だけど、窓から日の光が差し込んできて、明るく居心地は良さそうな感じがした。

「では、カタリナ嬢、マリア、ソラはそれぞれ、ここの部屋を各自で掃除して使用してくれ」

部屋を確認して、ラーナがそう言った。

「ラーナ様はどうされるのですか？」

部屋は三つでそれぞれを私たちが使ってしまうとラーナの分の部屋はなくなってしまう。

「私はここを拠点とする訳ではないから構わない。それからここでは様付けは禁止だ」

「あ、はい」

ラーナは変装して色々と潜り込むとのことで、一緒にここに暮らす訳ではないらしい。

「そういうわけでルイーズ、私はそう頻繁にここへ来れないかもしれないので、ここでの彼女らの面倒を見てやってくれ」

「あら、あなた上に立つようになっても相変わらず自由奔放なのね」

ルイーズは頬《ほお》に手を当ててため息をつき、

「あなたたちもこんなのが上司で大変ね。まぁ、ここにいる間は私が面倒見てあげるから何かあったら言いなさいね」

私たちに向き合い色っぽい笑みを浮かべた。なんだかその笑みに照れつつも、

「お願いします」

と頭を下げる私たちとは対照的に、ラーナはやや眉を寄せた。

「世話はしてもらいたいが、変なことは教えるなよ」

そんなラーナにルイーズもややむっとした顔になり、

「変なことって何よ」

と口を尖《とが》らせた。

「お前の得意な男の誘惑の仕方とかだ。特に女子二人は純粋なんだから変にからかうなよ」

「あら、そんなことしないわよ。それに男を誘惑なんてしてないわよ。あっちが勝手に寄ってくるだけよ」

「そんなこと言って何人も男を侍《はべ》らせて、以前の職場でも何度迷惑をかけられたことか」

「あら、あなただって魔力研究馬鹿《ばか》で後先考えずに突っ走って何度も私に迷惑をかけてくれたじゃない」

ポンポンと繰り出されるラーナとルイーズのやり取りはとても親し気だった。

「あの～、お二人はどういったお知り合いなのですか？」

気になってそう尋ねてみると、

「「魔法省の同期だ（よ）」」

と二人から答えが返ってきた。

「年はルイーズの方が少し上だが、入省が一緒で初めに配属された部署も一緒だったんだ」

とラーナが続けた。

「ではルイーズさんは魔法省の職員なんですか？」

魔法省に協力してくれている人のお店だとは聞いていたが、そこで魔法省の職員が働いているとまでは聞いていなかった私たちは驚いた。

そんな私たちを見て、ルイーズさんは再び頬に手を当ててため息をつく。

「相変わらずラーナは適当ね。部下にちゃんとした説明もしてあげないなんて」

そう言ってルイーズはラーナに
「もう少しちゃんとしなさい」

と言い、私たちに目を向け、

「魔法省には職員と公にして働いている人たちが大半なんだけど、中には私みたいにその身分を隠して一般市民として暮らしながら、情報を集めて報告したり、ちょっとした事件を解決したりする人たちもいるのよ。非公式で公にされていない存在だけれどね」

そう語った。

前回のお城でのことや前にラーナがしていたことから魔法省が潜入捜査をすることは知っていたが、まさか一般人の中にそんな風に紛れて暮らしながら活動している人までいるなんて！

目を見張って驚く私たちに、

「なのでルイーズはこんな感じだが、実は魔力も腕っぷしもかなり強いので頼りにしていい」

ラーナがそんな風に続けた。

「こんな感じとは何よ。魔法省きっての問題児だった人にそんな風に言われる筋合いはないわよ」

ルイーズは口を尖らせる。

「いや、問題児はお前の方だったろう」

「いえ、絶対にあなたの方が問題児だったわ」

これは、おそらく二人とも問題児だったのだろう。

しかし、魔法省という組織は私が思っていたよりもずっと奥が深いのかもしれない。

なんとなく前世のお役所の役人さんをイメージしていたけど、こうして聞くと秘密警察っぽいような気もするし、一体、本当はどんな組織なのだろう。

一応、私も職員にはなったが、いまいちわからないことだらけだ。

まぁ、とにかくここオセアンという現場での、私たちの世話役は魔法省の問題児からまた別の問題児へと引き継がれることとなった。

なんだかよかったとは言いがたい。

そしてまず私たちがしたのは部屋決めと言っても私たちは男女であるので、並びの部屋が私とマリアで離れがソラってのは決定で、決めたのは私とマリアの部屋だけだ。それから部屋の掃除だ。

しばらく使っていなかったという部屋はルイーズの言った通り少し埃を被《かぶ》っていたので、窓を開けてはたきで埃を落とし掃き掃除をした。

必要な家具だけが置かれた小さな部屋だったので、掃除はすぐに終わり、あとは持ってきた荷物をタンスに収納すれば準備は終わりだ。

少し前まではほとんどアンにしてもらっていた私だが、魔法省に入ってから色々と経験してきたので、このくらいお手のものだ。

ただアン曰《いわ》く『身だしなみに関しては無頓着《むとんちゃく》すぎです』で、同行するマリアに『そのあたりのチェックをお願いします』と頼んでいた。どうもいまいちその辺の信頼感が足りない。これでも前世に比べれば、髪もひどい寝ぐせのままで出かけないし、多少はよくなっているというのに。

そんなことを考えつつも、鞄の中身をポポイとタンスへ詰め込んでいく。

着替えや日用品に――順調にタンスに押し込んでいくと鞄の中にポツンと本が残った。

あれ、私、ロマンス小説は持ってきてないはずだったんだけど？　そう思ってよくよく見ればそれは『闇の契約の書』だった。

ああ、そうだ。これは常に持っているように言われて、お城での会合にも持っていったのだった。

色々あるとつい忘れて（解読作業がつらいためあえて意識の外に出しがちなのもある）しまう『闇の契約の書』。

ザ・悪役のアイテムであるようなこれを見ると、嫌でも再び訪れた破滅フラグのことを思い出してしまう。

学園でせっかく乗り越えたはずの破滅が再び魔法省で訪れるかもしれないと気付いて、しばらく経ったが今のところ破滅フラグになりそうな出来事は起こっていない。

いや、もしかしたら起こっているのかもしれないけど、私は魔法省で起こるⅡをやっていないのでよくわからないのだ。

でもⅡの悪役として活躍するための闇のアイテムは続々と手元にそろってきているし、どうしても仕事柄マリアとの行動が多いから、マリアとⅡの攻略対象の仲を知らずに邪魔してしまっている可能性はある。

魔法省での破滅はどうもⅡからの攻略対象であるサイラス、デューイ、ソラとの仲を邪魔すると訪れるようなので、そのあたりは特に気を付けなければならない。

でも、実は女性が苦手な上司サイラスについてはむしろマリアとの仲を取り持ってあげたくらいだし、同期の飛び級最年少入省の天才少年デューイのことも陰ながら応援してあげているから大丈夫だと思うんだけど……残りは同期で同じ部署のソラか。

ソラとは特に接することが多くて、一緒にいるけど、その飄々《ひょうひょう》とした感じからいまいち本音がわからないのよね。

よし、今回の任務中に、機会があれば改めてソラがマリアをどう思ってるか探ってみよう！

私はそう決めて、鞄に残っていた『闇の契約の書』をタンスの空いた部分にポイと放《ほう》り込んだ。

「マリア、終わった」

自分の荷物をパパっとしまい終えたのでとりあえず、すぐ隣の部屋のマリアの様子を覗《のぞ》きに来てみた。

マリアはまだ荷物をタンスに詰めている途中だった。

丁寧なマリアは私のようにぐちゃぐちゃに服や物を詰め込むということはせず、きちんと畳んだり並べたりして収納していた。

「カタリナ様はもう終わったのですか？」

マリアは振り向いてそう声をかけ、あっと気付いて口を覆った。

私はにんまりして、

「ここでは様は禁止よ」

そう言うと、マリアは少し照れたように今度は、

「カタリナさん」

と言い直した。

本当は呼び捨てでも全然、構わない。むしろその方が嬉しいくらいなのだが、マリアに「さすがにそんな訳には」と拒否されてしまった。

身分制度のある世の中では仕方ないとはいえ、いつかは互いに呼び捨てで呼び合ってあははうふふとしたいものだ。

「あ、クマちゃんのタオルも持ってきちゃった」

荷物を片付けていたマリアが思わずという風にそう漏らした。

「ああ、あのクマの持ち物?」

私が聞き返すと、マリアは少し寂しそうな顔になった。

「はい。当初は一緒に来る予定だったので、荷物にクマちゃんのも詰めてきていたんです」

「そうね。残念だったわね」

そう実は今回の旅にはラーナが以前作った魔法道具で、マリアに懐いてそのままマリアのところに転がり込んでいるクマのヌイグルミ、その名もアレクサンダー(名前が似合わない)も一緒に来る予定だったのだ。

なぜならアレクサンダーは人捜しの魔法道具で、以前、行方不明になったキースを捜し当てた実績があったので、今回もきっと役に立ってくれるだろうと共に来ることになったのだが……出発前に件《くだん》の令嬢の持ち物を借りてきて、『さぁ、居場所を示して』となった時に重大な欠点がわかってしまったのだ。

それは――アレクサンダーは魔力をたどって人を捜していたらしい（そもそも私も知らなかった）のだが、その魔力が少ないとそもそもたどることができないということがわかったのだ。

今までキースもそうだが、マリアや実験したのも皆、魔法省の魔力の高い人ばかりだったので、発覚しなかった事実だった。

よって今回の令嬢のように魔力の弱い人を捜すことはできないのだ。

同じ理由で（魔力の弱い）私のことも捜し出せないことがわかったけど。

事実がわかり期待していた私たちは気落ちしたが、それ以上にアレクサンダー本人？　がひどく落ち込んだ。

なにせ「俺に任せておけ」と言わんばかりに自信満々でやってきたのだから。

個人的にあまりアレクサンダーのことは（私を小ばかにしてくるため）好きではないが、あのしょぼんとした背中はとても可哀《かわい》そうだった。

そうして結局、彼は泣く泣くお留守番となったのだ。

「まぁ、あのクマの分も私たちが頑張りましょう」

気落ちしたクマの飼い主？　でクマを可哀そうに思うマリアを私はそう励ました。

マリアの荷物も片付いて廊下に出ると、こちらももう部屋の準備は終わったらしいソラが私たちの部屋の前で立って待っていた。

「お、終わったか。じゃあ、店に行くか。ルイーズさんが仕事について説明してくれるってよ」

ソラにそう言われて、私たち三人は再び先ほどの廊下を通り店へと戻った。

店に入るとカウンターの中にルイーズが、外にはラーナが座っていた。

「あら、部屋の片付けは終わったのね。お疲れ様、あなたたちもここに座りなさいな。特製のドリンクを用意してあげるから」

私たちの姿を目にしたルイーズがそう声をかけてラーナの隣席を進めてきたので、お言葉に甘えて座らせてもらう。

なんともまったりした雰囲気でいまいちこれから仕事が始まるという気がしない。

「はい。どうぞ」

カウンターの中で作ってくれたらしい特製ドリンクとやらをルイーズは私たちに差し出してくれた。

コップのフチに柑橘《かんきつ》系の果物《くだもの》が飾られた鮮やかなオレンジ色の飲み物だ。

おお、南国風の飲み物だ。ちょっとだけ感動して、それを口に含むと――。

「……うっぷ」

私は、思わず噴き出しそうになったのを何とかこらえた。

な、なんなのこの味は！　見た目はオレンジジュースみたいなのに、その味はすっぱいと苦いと辛いが入り混じったような……とにかく一言で言うと不味《まず》いの一言に尽きる味だった。

もしかして私の口に合わなかっただけかと隣を見てみれば、マリアやソラも青い顔をして口を押さえていた。どうやら感想は私と同じようだ。

しかし、そんな私たちの様子に気付いていないのか、飲み物を差し出した張本人ルイーズはというと、

「お味はどう？　美味《おい》しい？」

と問いかけてきた。

これはどう答えるのが正解なのか、思わず顔を見合わせる私たちに、ラーナが、

「いや、美味《うま》かったらこんな反応になる訳ないだろう。相変わらずお前の作ったものは不味いようだな」

ズバリと言った。

どうやらラーナはルイーズが作った飲み物が不味いことを知っていたようだ。彼女の前に置かれていたのはただの水だった。

飲む前に教えてくれればいいのにと恨みがましくラーナを見ると、気持ちが伝わったらしく、

「一度、味わった方がわかりやすいかと思ってな。この通りルイーズの作るものはとにかく不味い。飲み物はもちろん食べ物もだ。しかも自身は舌がおかしいためにそれがわからないときた」

そう言ってラーナは肩を竦《すく》めた。

確かに、私たちに作ってくれた特製ドリンクを自身で味見しながら、

「そんなに不味いかしら？」

と首をかしげるルイーズはきっと私たちと同じ味覚はしていないのだろう。

「あの、でもそうしたらこのレストランでは誰《だれ》が料理をしているんですか？」

ようやく強烈な味から立ち直ったらしいマリアがそうおずおずと、ルイーズに問いかけた。

ここの店に入ってからルイーズ以外の人を見かけないので私もそれは疑問に思った。

まさかルイーズは客にもこの激マズなものを出しているのだろうか。

「ああ、料理は別の人が準備してるわ。食堂の経営なんかは基本的に私が一人でしてるけど通いで手伝いも頼んでいるから彼らがその辺をしてくれているの」

「他にも従業員の方がいるんですね。その方たちも魔法省の職員なんですか？」

マリアが続けてそう尋ねる。

「いいえ、職員ではないわ。ただ事情は話してある。身元はしっかり調べさせてもらった、近所に住んでいる口の堅い老夫婦よ」

「え、お手伝いの方はそのご夫婦だけなんですか」

ルイーズの答えに思わず「他にもいるのでは」と声をあげてしまった私に、彼女はあっさりと、

「その夫婦、一組だけど」

と答えた。

この答えに私たちは驚いた。だって、この食堂の席の数に大きさ、そこそこのものだ。たっ

た三人、しかも二人はお年寄りで回せるものなのだろうか。

そうした疑問を口にすると、ルイーズはきょとんとして答えた。

「ああ、大丈夫よ。このお店、いっぱいになることなんてないから。ご飯時でも最大に席が埋まって十席にも行かないくらいかしらね」

「それでやっていけてるんですか」

マリアが目を見開いてルイーズに問いかけた。

「やっていけるわけないじゃない」

ルイーズはあっけらかんとそう答えた。

え、どういうこと？　怪訝《けげん》な顔になる私たちにルイーズが続けた。

「ここの目的は魔法省に有用となる情報を集めることだから、魔法省から運営費が出てるから大丈夫なの。ほどほどに人が入ればＯＫよ」

え～と、それはつまりここって儲《もう》かってない？　なんとも微妙な顔になる。

「ここは店が維持できるほどの収益がないのですか？」

マリアが再びそう口を開いた。なんだかマリアの目がいつもより険しい気がする。

「そうね。料理も飲み物も買ったのをそのまま出すだけで、儲けもないからね」

「料理は他から買ってきて出してるんですか？」

マリアが目を見開き驚いて問いかけた。なんだか本日のマリアはいつもより積極的だ。

「ええ、従業員老夫婦には売り物にするような料理は作れないし、体力的にもきついって断られているのよ。私が作ってもいいんだけど私の料理は評判が悪いのよね」

再び小首をかしげるルイーズ。

確かにこの飲み物の味では客に出せないだろう。

「つまり、この店はどこにでも売られてる料理と飲み物をそのまま提供しているだけの人気のない食堂というところか」

ラーナがそんな風に手厳しくまとめたが、ルイーズは気にした風もなく、

「う～ん、まぁ、そんなところね～」

そう返した。

「だがそれだと、カタリナ嬢、マリアと二人も従業員を増やすのは不自然じゃないか？」

ラーナがやや眉をひそめて指摘する。

う～ん、確かにそんなに流行《はや》ってない店に急に従業員が増えたら不自然だよね。

「それなら大丈夫よ。この店、全然流行ってないのに潰れないから、町の人たちには私が金持ちの愛人の援助を受けて趣味でやってる店だって思われてるの。だから女の子が増えても愛人仲間だと思われるくらいで気にされないわ」

少しだけ小首をかしげ微笑《ほほえ》んでルイーズが言った。

その仕草は確かに金持ちの愛人っぽい。

「……そうか、ならいいか」

ラーナは微妙な顔になりつつそう言ったが……愛人仲間と認識されてしまう私としては全然

よくないのだが。

「そんな感じでお店は暇だから、給仕ものんびり立っていればＯＫよ～」

ルイーズが私たちの方を見てそんな風に言った。

立っていればいいだけって……ウェイトレスとして頑張る気で来た私は拍子抜けした。

「あの～、もし時間があるなら、簡単な食べ物を作ったりしてもいいですか？」

そう言ったのはマリアだった。

どうやら向上心あふれるマリアは、のんびり立っているだけの任務はすんなり受け入れられないようだ。

「あら、あなた料理できるの？」

レジーナの問いかけに、

「マリアはとても料理上手《じょうず》なんですよ。特にお菓子作りはその辺の職人より上です！」

マリアではなく私が勢いよく答えた。

「そ、そんなことありません」

「そんなことあるわよ。マリアの料理は本当に美味しいんだから！」

慌てた様子でマリアは謙遜《けんそん》したが、公爵令嬢で色々美味しいものを食べ慣れている私の舌は確かなのだ。ご馳走《ちそう》してもらった料理はどれもとても美味しかった。

料理上手で優しくて可愛《かわい》い美少女、私が男だったら絶対に嫁にしたい。

「へぇ～、そうなの」

私たちのやり取りを聞いていたレジーナはそう言って、にやりと笑みを浮かべた。そして、

「じゃあ、ちょっと厨房《ちゅうぼう》に来てもらおうかしら」

そう言ってマリアを連行した。

なんとなくマリアが取って食われそうで私とソラも慌てて後を追った。


厨房は『買った料理を皿に盛り直すだけの場所』というには立派だった。レジーナ曰く初めはここでちゃんと料理を作る予定だったのだと言う。

「じゃあ、初めは料理を作れる人がいたんですか？」

疑問に思って聞いてみると、

「そうなのよ。ここができた当初は料理人も雇ってたのよ」

とレジーナは教えてくれた。

「じゃあ、今はその人が辞めてしまったということですか？」

「ううん。最初の人が辞めてからその後も何人か雇ったんだけど、皆、辞めちゃったのよ」

「え、なんでですか？」

「う～ん。それが皆、私にお付き合いを申し込んできてね～、それをお断りすると辞めちゃうのよ」

「……」

私たちはなんとも言えず視線を交わした。

先ほどのラーナの『お前の得意な男の誘惑の仕方』『何人も男を侍らせて、職場でも何度迷惑をかけられたことか』という話が頭に浮かんだ。

料理人には男性が多いからな、それで恋愛沙汰《ざた》で揉《も》めて辞めていったんだろう。

「独身じゃなくて既婚者なら大丈夫だと思って雇っても、今度は奥さんが乗り込んできちゃったりして、余計に揉めることになっちゃって、そのうち来てくれる人がいなくなっちゃったの」

「……」

そうして結局、従業員は老夫婦二人しか残らなかったらしい。

なんて言うかすごい話だ。この人の元で働くのが少し不安になってきた。

そんな訳でこの店には料理人はいないが立派な厨房だけが残っているらしい。

レジーナの話に、初めこそ私たちと共にあっけにとられていたマリアだったが、改めてその厨房を見るとその目をキラキラさせた。

料理はからっきしで、小さい頃《ころ》からクラエス家の厨房に立ち入り禁止を言い渡されていた私にはまったくわからないが、素晴らしい設備がそろっているらしい。

「この厨房を使わないなんてもったいないです」

マリアは拳《こぶし》を握りしめてそう言った。

「そうね～、じゃあ、試しに少し作ってみてちょうだい」

レジーナが小首をかしげてそう言った。

返事はしたものの、調味料のようなものしか並べられていない厨房にマリアが困った顔になる。

「あ、はい。……その材料は」

「あ、そうね。少し待ってて」

レジーナはそう言うと厨房の後ろの方にある出入り口から出ていった。

「相変わらず自由な奴《やつ》だな～」

私たちの様子を見に来たのか厨房の入口からラーナが顔を出してそう言った。

その通りだが、ラーナは自身も非常に自由な人なので、そこは似た者同士なのだなと思った。

しばらくしてレジーナが野菜や卵、肉、小麦粉など様々な食材を籠《かご》に入れて戻ってきた。

「買ってきてくださったんですか？」

その食材の豊富さにしては、かなり短時間で戻ってきたレジーナにマリアがそう尋ねるとレジーナは、

「ううん、近所の親切な人たちに分けてもらったの～」

と答えた。

え、この界隈《かいわい》ってそんなに親切な人が多いの！　と驚く私たちにラーナが、

「どうせ、その辺の男に貢《みつ》がせたんだろう」

そう言うと、レジーナは『うふふ』と意味ありげに笑った。

どうやらラーナの言った通りのようだ。

私はますますこの人の下で働くのが不安になった。

「さぁ、じゃあ、マリアにはこれで試しに料理を作ってもらって〜、カタリナとソラには今日の注文しておいた料理を受け取りに行ってもらおうかしら」

レジーナが厨房の隅に椅子を準備し腰を下ろしながらそう言った。レジーナはそのまま厨房でマリアの料理作りを見学するようだ。

そうして私たちはとりあえずここに着いてからの初仕事？　を与えられた。

やや不安を感じながらもマリアをレジーナの元に残し、目的地までの地図を描《か》いてもらって、受け取ってくるものの説明を受け、私とソラは二人で『港のレストラン』を出た。

レジーナに描いてもらった地図はかなり適当だったため、私たちは道行く町の人に道を尋ねながら、なんとか目的の場所へ着いた。

お使い先は『港のレストラン』よりだいぶ大きいレストランだった。

この場で食べることもできるが持ち帰りもできるというお店なのだという。まだ食事時には早い時間であるけど、それなりに席は埋まっていた。

レジーナの話通りなら彼女の店ではここで注文したものを、皿だけ替えて出しているだけということなのだろう。というかこのお店の許可は取ってあるんだろうか。

色々と疑問に思いつつも、テーブルの間を、皿を片手に動き回っている店員らしき女の人に声をかける。

「あの〜『港のレストラン』の使いの者なんですけど」

見慣れぬ私たちの姿に、女性は少し目をぱちくりとした。

「ああ、レジーナさんとこか。新しい人？」

「はい。今日からお世話になる者です」

「わかったわ。確認してくるから、少しそこで待っていて」

女性はそう言って店の隅の方を示し、皿を片手に厨房と思われる場所へと消えていった。

私とソラは言われた通りに隅に寄り、壁にくっつくようにして大人《おとな》しく待った。

夕食まで時間はあるが、それなりに席が埋まり繁盛しているお店の中を店員たちが皿やコップを手に軽やかに動き回っている。

その仕事ぶりは見事で、そこには私がここに来るまで思い描いていたウェイトレスの姿があった。

こういう風に働こうと思ってここまで来たんだけどな。レジーナの話を聞くと、どうも私の思い描いていた感じではなさそうだからな。

そんなことを思っていると、先ほどの女性が戻ってきて、

「使いの人、レジーナさんから話は聞いてるって厨房の方で女将《おかみ》さんが待ってるからそっちに行って」

そう言って店の奥を示した。

「ありがとうございます」

取り次いでくれた女性にお礼を言って、私たちは厨房へと向かった。

店の奥の扉をくぐると、ムワーとした熱気と料理の美味しそうな匂いがした。

そこには小さなスペースがあり、できた料理を置くのであろうカウンターテーブルを挟んで奥のほうに調理場があった。

そして小さなスペースの先、入った扉とは反対側にもう一つ扉がついている。

勝手に扉をくぐるのも躊躇《ためら》われたため、とりあえずカウンターを挟んで見える調理場の料理人に声をかけた。

「あの～、『港のレストラン』の使いの者です。女将さんはどちらに――」

「ああ、あんたらがレジーナさんとこの使いかい？」

問いかけが終わらないうちに、調理場の奥から恰幅《かっぷく》のよい年配の女性が、銀色の箱の載った台車を押しながら出てきてそう言った。

「はい、そうです」

と答えると、

「そうかい。レジーナさんから新しい人が来るって聞いて、また若い男かと思ってたけど、今度は女の子もいるんだね。私はここの女将だよ。よろしくね」

年配の女性は、そう言って口を大きく開けて笑った。感じのよい女性だ。

「よろしく、お願いします」

そう挨拶《あいさつ》を返すと、女将の後ろから、もう一人、銀色の箱が積み上げられた台車を運んできた。

「ほら、これがレジーナさんのとこの今日のぶんだよ」

女将はそう言って、自分が持ってきた台車と、後ろから来た人が持ってきた台車を示し、私たちに確認するように促してきた。

前世の給食当番で使ったような銀色の箱、その蓋《ふた》を開けて中を見るとそこには美味しそうな料理が並んでいた。

ホカホカと湯気が出ているので作り立てなのだろう。

すべての箱に美味しそうな料理が入っていることを確認し、

「ありがとうございます」

ソラと一緒に頭を下げて台車ごと料理を受け取って、預かっていたお金を女将に渡した。

「はいよ」

女将は人好きする顔で、お金を受け取り、確認し始める。

「あんたらは新しい料理人なのかい？」

お金を数えながら女将がそう聞いてきた。

「いいえ、給仕係です」

そう答えると、女将はきょとんとした顔になった。そして「う～ん」と私たちを眺めて言った。

「あんたらもレジーナさんと同じ人に援助してもらってるのかい？」

ん、レジーナさんと同じ人に援助？　どういう意味だ。

あ、そうだ！　レジーナさんは愛人さんの援助で店をやっていると思われているんだった。

ということはそれと同じ人に援助してもらっているのかということは——同じ愛人ですかってことか！

なんてことだ。お金持ちの愛人だと誤解されている！

「ち、違います！　私たちはレジーナさんの親戚で、その縁でお世話になるだけです」

誤解を解こうと身を乗り出してここでの設定を主張し、そう否定すると女将は苦笑して、

「ああ、そうなのかい。若い女の子と、それにそっちの兄さんがやたらと綺麗《きれい》だから、そうなのかなと思ってね」

そう言った。

あ〜、そういうことか、ソラは美形だもんね。

それにどこか色っぽさもあるから、愛人に見えなくもないよね。ソラとセットでいたために悪役顔の私も愛人に見えてしまったようだ。

「しかし、親戚とは言え、あの閑散とした店で給仕係を二人も雇うなんてもったいないね」

女将はそう言うとソラに視線をやりきらりと目を光らせて、

「兄さんよかったら家《うち》で給仕係をしないかい？　レジーナさんところより給金を出すよ」

となんと自分の店にスカウトしてきた！　この女将やり手かも。

しかし、ソラはふわりと微笑んで言った。

「俺はレジーナさんのところでお世話になるにはなるのですが、仕事は港で荷物積みをするの

で給仕はしないんですよ」

そうなのだ。私とマリアはレジーナさんのところで給仕をしながら情報を集めるのだが、より情報量を増やすために、ソラは港で働いてそこで情報を収集するということになったのだ。

だが、そんな事情を知らない女将は驚いた顔で、

「え、兄さん、荷物積みなんてするのかい！　その容姿でもったいない、給仕をしたほうがよほど儲かるだろう。今からでもうちで働くことにしなさいよ」

そう言って再びスカウトしてきた。

私もソラには荷物積みのような肉体労働よりも、お店で給仕係をしていた方が似合う気がする。

「すみません。俺、人付き合いが得意でなくて、接客はできそうもないんです」

女将の誘いにソラはそう言って困った顔になった。

これまでの付き合いの中でソラを見てきたが、どう考えても人付き合いが苦手とは思えない。初対面では大きなお屋敷で執事をして他の使用人を使っていたし、むしろ接客なんて得意そうだ。

だからそれは明らかな嘘《うそ》だったが、その困った表情はなんとも庇護《ひご》欲をそそるものだったようだ。

女将は頬を染めふにゃりとした顔になり、

「そうかいそうかい。それは残念だね。やってみたいと思えたらいつでも声をかけておくれよ」

とあっさり引いて言った。そこへソラが、

「ありがとうございます。その時は、ぜひ声をかけさせてください」

爽《さわ》やかな笑顔で返すと、女将はすっかりソラを気に入ったようだ。

「おまけだよ」とお菓子をくれ、ニコニコと送り出してくれた。

そんな女将に、いつもの彼では決して見せない爽やかな笑顔を返し、手を振るソラに私はなんだか前世のホスト的なものを見た気がした。

女将に見送られ、厨房の奥の扉から裏道と思われる路地へ出た。

重い台車をソラが軽い方を私が押しながら、しばらく進んでいくと潮の匂いが強くなりザァという音が聞こえてきた。

「これって！　もしかして波の音かしら？」

私がそう声を弾ませてソラに尋ねると、彼はさほど興味なさそうに、

「ああ、海が近いんだろうな」

そう返してきた。

「やっぱり！　ねぇ、すぐ近くかしら。少しだけ見て行かない」

今世では一度も海を見たことがない私が興奮してそう言えば、ソラは肩を竦めた。

「おいおい、今は仕事中だぞ」

「……うっ、そうよね」

そうだった今は仕事中よね。

でもすぐそこに海があるなら一目だけでも見てみたかったな。

私がしょんぼりと肩を落とすと、隣からはぁ～とため息が聞こえてきた。そして、

「しょうがねぇな。この感じだとだいぶ近いみたいだし、少し見るだけだぞ。すぐに帰るからな」

ソラがぶっきらぼうにそう言ってくれた。

なんだかんだでソラはすごく優しいのだ。

「うん。少しだけ見たらすぐ帰るよ。ありがとう、ソラ」

私はすごく嬉しくなって思わず台車をほったらかしてソラに抱きついたが、

「なっ、おまえ。ちゃんと台車を持ってろ」

とばっと引きはがされ怒られてしまい、反省した。

波の音を頼りに路地を抜けると、そこには白い砂浜と、どこまでも続く澄んだ青い海が広がっていた。

そのあまりの美しさに私はすぐに言葉が出てこなかった。

太陽の光を受けキラキラ光る水面は澄んでいる。

前世で行っていた濁り気味の海とは違う、テレビでしか見たことのなかった南国の海がそこにはあった。

「綺麗」

ようやくそう口にすると、

「ここの海は特に美しいと言われているからな」

隣に立ったソラがそう教えてくれた。色んな国、町で暮らしてきたというソラは物知りだ。

初めて出会った屋敷でもたくさんの異国の話をしてくれたものだ。

ああ、そう言えば、

「約束、叶《かな》ったね」

ソラにそう言うと、きょとんとした顔をされた。

「何がだ？」

「最初に会った時に約束したじゃない。海を見に連れてってくれるって」

どうやら覚えていなかったらしいソラにそう言うと、彼は目を見開いた。

「……」

「連れてきてくれてありがとう」

忘れていても、こうして約束通りに海に連れてきてくれたソラにそう言った。

ソラはまだ驚いたままなのか、空色の瞳《め》を見開いたままだ。そんなソラの目を見ていたら、もう一つ思い出した。

「あ、そう言えば、あの時、ブローチを預けたの覚えてる？　約束の印にって」

学園祭で買ったブローチ、光の当て具合で色が変わるそれを、あの時、ソラに預けていたのだ。しかし、

「ああ、そんなのあったか、どこやったかな」

ソラはそれも忘れてしまっていたようだ。せっかくの思い出だったのに、

「二人の目の色の入った綺麗なものだったのに——」

私がそう言って頬を膨らませると、なぜか頭をぐっと掴まれた。

そしていつものごとく髪をぐしゃぐしゃにされてしまった。しかもなんだかいつもより長い。

「な、なんで、ここで頭をぐしゃぐしゃに！」

今のはむしろ私がソラの頭をぐしゃぐしゃにしてもいいようなところだっただろう！　とクレームを入れたが、ソラときたらそっぽを向いて、

「……この無自覚め。ほらもう十分、見ただろう。店に戻るぞ」

そう言って自分の台車を押してさっさと歩き出してしまったので、私は慌ててその後を追った。

そして理由はまったくわからないがどうも機嫌を損ねてしまったソラはその後そっぽを向いたまま、なかなかこちらを見てくれなかった。

やはりソラは色々とわからないことが多い。こんな調子じゃあ、マリアをどう思ってるのか探りだせるかどうかも危ういな。

そんなことを考えながら、黙々と帰路を進み、ようやくこちらを向いてくれるようになったソラと『港のレストラン』に戻ると、その厨房のテーブルには店を出る時にはなかった美味しそうな料理がいくつも並んでいた。

「レジーナさんが持ってきてくださった材料でいくつか作ってみたんですけど、どうでしょう

か？」

料理を作り上げたマリアがそう言った。

「こんな短時間ですごいわよね」

「うむ。見事なものだったな」

その手際を見ていたらしいレジーナとラーナがマリアをそう褒めた。

そうなのよ。マリアは本当にすごいんだから。

「二人も戻ってきたし、皆で味見をしてみましょう」

レジーナがそう言って皆に小皿とフォークを配った。

「やった～、では遠慮なく」

お使いで美味しそうな料理を運んだので、だいぶお腹が空《す》いてきていた私は早速お皿から料理を取って口に運んだ。

「こ、これは……」

「え、駄目そうですか、不味いですか？」

マリアが心配そうな目を向けてきた。

「ううん。とっても美味しいわ。マリアの料理はやっぱり最高ね。特に作り立ては初めて食べさせてもらったけど最高ね」

私がそう言うとマリアはほっとした微笑みを浮かべた。

「これは確かにかなり美味しいわね」

同じようにマリアの料理を口にしたレジーナが頬に手を当ててそう言った。

「お前に料理の味がわかるのか？　まぁ、確かにこれは美味いがな」

ラーナもそう言って再び料理にフォークを伸ばしていた。

ソラも「美味いな」と呟《つぶや》くと感心した様子で料理を口に運んでいる。

私は我がことのように誇らしくなり、

「そうでしょう、そうでしょう。マリアの料理は本当に美味しいのよ。プロにだって負けないわ」

そう自慢したがマリアときたら、

「カタリナ様、褒めすぎです」

と顔を赤くして首を振っていた。

そんな私たちの横で、初めに「美味しい」と言った後は黙々と料理を食べていたレジーナが、ばっと立ち上がった。

「これはいけるわ。今まで雇った料理人にも全然負けてないわ。マリア、あなたこの料理を今から作って、店に出しなさい！」

「え、今からですか！」

『立っているだけではなんなので作ります』と自ら名乗り出たマリアだったが、さすがに『今から作ってすぐに店に出して』と言われて、驚きの声をあげる。

しかし、そんなマリアの様子に構うことなく、レジーナはにこりと微笑んで、

「そう今からよ！　もうじき夕食時になるからそこに出すのよ。じゃあ早速、準備を始めましょう」

そう言い切った。

その有無を言わせぬレジーナの様子に一応、雇われの身である私たちは逆らえず、彼女の指示に従いそれぞれ開店の準備を始めた。


そして夕食時、『港のレストラン』は開店した。

私は渡された給仕の服に身を包みフロアに立っていた。

ちなみに本来は一緒に働くはずだったマリアは厨房で料理を作っており、ソラは予定通り用心棒として店の隅で待機している。

そのためこのフロアで実際に働くのは私と、通いの従業員である老夫人の二人だ。

レジーナはカウンターに入ってお酒を出すので基本的にはフロア内には出てこないとのことだった。

開店の一時間くらい前にやってきた従業員の老夫婦はとても穏やかで優しい人たちだった。

レジーナがここに勤め始めた頃から店を手伝っていることで、店のことにレジーナよりも精通しているくらいで、フロアでの仕事も老夫人が丁寧に教えてくれた。

そうして老夫人からレクチャーを受け、

「困ったことがあったら、いつでも私を呼んでくださいな」

と心強い言葉をかけてもらい、私は今、フロアに立っている訳だが……やっぱり前世ぶりのウェイトレス業務は少し緊張する。

前世ではそれなりにフロアも回せていたので店長に「いい戦力だよ」と言ってもらえるくらいになったりしていたけど、今世ではまた色々と勝手も違うだろうからな。ちゃんとできるだろうか不安だ。でも、ここで色々と悩んでいてもしかたない。

まぁ、とにかくやってみるしかないよね！

そう気合を入れると、ドアのベルがカランカランと鳴って最初のお客さんが入ってきた。

私は笑顔を作って口を開く。

「いらっしゃいませ」


カランカランとドアのベルが鳴り、本日、最後のお客様が帰っていく。

「ありがとうございました」

その背にそう声をかけて送り出すと、私はほっと息を吐いた。

初めこそ緊張して固くなっていたが、しばらくすると前世のアルバイト経験を思い出して動けるようになってきて、なんとか今世初のウェイトレス業務を乗り切ることができた。

むしろこのレストランは前世のファミレスみたいに豊富なメニュー数はなく、数種類で注文は機械に打ち込みでなくて紙に書くだけでいいし、何より聞いていた通りそんなに人が来なかったので、前世のアルバイトよりずっと楽なくらいだった。

「お疲れ様、お嬢ちゃん、とてもいい仕事っぷりだったよ」

先輩である老夫人が寄ってきて笑顔でそう声をかけてくれた。

「あ、ありがとうございます」

褒められ、照れながらそう返していると、カウンターに入っていたレジーナもこちらにやってきた。

「驚いたわ。もらった経歴を読んだ時は何もできないと思っていたけど、本当にいい仕事っぷりだったわ。お客さんも褒めてたわよ」

「あ、ありがとうございます」

またも褒められ、普段、まったく褒められ慣れてない私はひたすら照れた。

「今日はいつもよりお客さんが多かったから、お嬢ちゃんがいてくれて、とても助かりましたよ」

老婦人がニコニコとそう言った。

「え、今日ってお客さん多かったんですか？」

確かに聞いていたほどにガラガラではなかったが、そのあたりはレジーナが多少、謙遜して言っていたのかなと思ったのだ。

「ええ、いつもはもっとガラガラで席もほとんど空いている状態なのよ」

レジーナがそう堂々と言い切った。そして、

「でも、今日はマリアが作った料理が出てたから『温めただけじゃない料理が出てる』って近所に話が少し回ってお客が集まったみたい。食べたお客にもすごく好評だったからこれは明日からはもっと忙しくなるかもしれないわ」

キラキラした目でそう続けた。

初めに説明を聞いた時のやる気のない感じが嘘のようだ。もしかしたらレジーナは店が流行らないことでやる気を失っていただけだったのかもしれない。

「店を始めた頃のように席が埋まる日がくるかもしれませんね」

老夫人も顔を綻《ほころ》ばせながらそう言ってレジーナと顔を合わせた。

嬉しそうな二人の様子を「よかったな～」と眺めていると、店の外を確認し閉店の看板を出しに行っていた用心棒役のソラが戻ってきて、

「なかなかの仕事っぷりだったな。どう見てもいいとこのご令嬢には見えなかったよ」

と声をかけ褒めてくれた。

「えへへ、ありがとう」

今日は今世で一番、褒められてるかも。

「それでどんなだった？」

「お陰様で思ったより動けたよ。なんでも今日はマリアの料理のお陰でいつもよりお客さんが入ったんだって、明日はもっと入るかもしれないらしいし、気合いを入れなきゃね」

私が拳を握りながら力説すると、ソラはため息をつき、口を開いた。

「いや、その話じゃなくて、本来の任務の方だよ。誘拐事件に関する情報を集める方の」

「あっ！」

しまった、初めてのウェイトレス業務をこなすのにいっぱいいっぱいで、本来の仕事のことを忘れてしまっていた。

「やっぱり、忘れてたか。まぁ、今日は初めての給仕業務でいっぱいいっぱいだったんだろうけど」

とソラがエスパーのように私の心情を言い当てた。

「うっ、ごめん」

「でも明日からもっと人が入るとなると、より大変になって情報を集めるどころじゃあなくなるかもしれないな」

お客さんが増えるようで良かったと思ったけど、ウェイトレス業務が忙しくなればなるほど、情報収集は大変になってしまうかもしれない。

「その通りかも……どうしよう」

そう肩を落とすと、

「それなら大丈夫よ」

私たちの話を聞いていたレジーナが言った。

「えっ？」

きょとんとレジーナを見つめると、彼女はにこりと微笑んだ。

「情報なら私が集めてるから問題ないわ」

「レジーナさんがですか？　どうやって？」

お店が開いている間、レジーナはずっと隅にあるカウンターの中に入っていた。

そこで注文された飲み物を作って出してくれるのだが「作る」といってもボトルからグラスに移すだけなのですぐに終わる。

なのでだいたいそこに座るお客さん（レジーナ目当て）の口説き文句を、どこかけだるげな様子で聞いているだけで、どう見ても店での情報を収拾しているようには見えなかった。

そんな疑問を口にすると、レジーナは、

「あのね。私、風の魔力を持ってるんだけど、それを上手《うま》く操って遠くの音も拾うことができるのよね。だからこの店で話されていることはだいたい聞き取ることができるのよ」

そう言って衝撃のからくりを話してくれた。

「じゃあ、店が開いている間、そうして情報を収集しているんですか？」

「そうね。だいたい色んな話を拾って聴いてるわね」

すごい！　やる気がなさそうな顔でお客さんの話なんてほぼ聞いてないような感じで、実はしっかり仕事していたなんて、レジーナは立派な職員さんだったんだ。

私は一気にレジーナを尊敬したが、

「ん～、ここに立ってるだけなのが暇だから、趣味で噂《うわさ》話を拾ってるっていうのが本音でもあるんだけど。ご近所事情とか色々と面白いものが多いのよね」

と続いたこの発言にややがっくりとなった。

真面目《まじめ》なのか不真面目なのかいまいちわからない人だ。

「それで、誘拐に関する情報は何かありましたか？」

ソラがそう尋ねると、レジーナは少し「う～ん」と唸《うな》ってから、

「今日の噂話の中にはそれらしいのものはなかったわね。でも、もっとお客が増えてくれれば集まる情報も増えるだろうから」

レジーナはそこで言葉を切って私を見つめて、

「あなたたちに頑張ってもらえばきっと欲しい情報も集まってくるわ」

そう言って微笑んだ。

つまりも明日からもっと繁盛するように働けということらしい。

「ということで情報は私が集めるから、あなたは給仕に専念して店を盛り上げてくれればいいから、よろしくね」

レジーナはそう言うと店の奥の方へと去っていった。

とりあえず私はウェイトレス業務にだけ専念すればいいようでなんだか少しほっとした。

やがてだいたいの片付けが終わると老夫婦が家へ帰り。レジーナも奥の方へ去り、最後にフロアをソラと掃除する。

ちなみにマリアは厨房で明日の下準備をしている。

いきなりそれなりの量の料理を作らされたマリアはかなりへとへとな様子だったが、マリアの料理で店が繁盛したらしいことを教えると嬉しそうな顔をして「明日からも頑張ります」と気合いを入れていた。

そんなマリアを見習って私も床にゴシゴシとモップをかける。

ここは貴族が利用するような上品なレストランではないので、皆のマナーは大雑把《おおざっぱ》で営業後の床はそれなりに汚れているのだ。

でも掃除は魔法省でもたくさんしていたので慣れたものだ。むしろ魔法省みたいに広くないので楽なものだ。

「お酒を出すお店だし、酔っぱらいに絡まれたりするかもと心配したけど、意外としつこく絡んでくる人とかいなくてよかった」

掃除もほとんど終わった頃、ソラに話を振る。

「……酒を飲みに来る人はレジーナさん目当てが多かったからな。でもレジーナさんはそういう奴の扱いが上手いから特に揉めることもなかったな」

「じゃあ、用心棒ソラの出番はあんまりなさそうだね」

このあたりでお酒を出すお店ではトラブル防止のために用心棒を雇っている店が多いのだという。レジーナのところも他の店から巡回で来てもらっていたらしいけど、今回、ソラがその役を担うことになったのだ。

なので営業中は隅に控えてトラブルなどに備えていたのだが、結局、ソラが活躍しているのを見ることはなかったのだ。

「……そうだな。っとこれで終わりで良さそうだな。今日はもうさっさと寝床に帰るとしようぜ」

ソラはそう言って私のモップもひょいっと取り上げ、店の奥の方へズンズンと行ってしまった。

相当早く休みたいようだ。きっとソラも慣れない仕事で疲れているのだろう。

そう思って後を追っていると、去ったはずのレジーナが片隅に立っておりクスクスと笑って、

「あなたが酔っぱらいに絡まれなかったのは、彼が目を光らせていたからよ。ちょっとでもあなたに変な動きをしそうな輩《やから》には刺し殺すような目を向けて、そっと連れ出していたわよ。あまりにいい手際だったからあなたは気付かなかったようだけど」

私にそう教えてくれた。

「……そうだったんだ」

レジーナの言う通りまったく気付かなかった。というかソラも言ってくれればいいのに。

「あなたは彼に本当に大事にされているのね」

本当にその通りだなと思った。

ソラには同期として同僚として本当に大事に世話を焼いてもらっている。

「教えてくれてありがとうございます」

私はレジーナにそう声をかけ、再びソラの後を追った。

店から従業員用の部屋まで続く廊下でソラは待っていてくれた。

そう言えばソラはいつもこんな風に待っていてくれる。置いていかれたことはない。

「ソラ、レジーナさんに聞いたよ。酔っぱらい撃退してくれてたんだってね。全然、気付かなくてお礼言いそびれちゃったよ」

ソラの背中に声をかけると彼は、

「……別に、それが仕事なんだから、お前が気にする必要はないんだよ」

とそっけなく言った。

「でも、いつもそんな風に私を助けてくれるじゃない。ありがとう」

振り向かない背中をグイッと引っ張ってそう言うと、また頭に手が伸びてきてぐしゃぐしゃにしてきた。

「また、これ！」

もうなんなの！　と頬を膨らませて、ソラを見上げたらそっぽを向いた横顔が赤くなっていた。どうやらソラは感謝されて照れているようだ。

そんなソラがなんだか可愛らしく見えて私は頭ぐしゃぐしゃのクレームを言うのをやめた。

今回の機会にソラのマリアへの思いを探ろうと思ったけど、それだけじゃなくてソラの意外な面も知ることができそうだな。

「……さっさと部屋に戻れ」

「うん、また明日もよろしくね」

私はそうソラに声をかけて与えられた自室へ戻った。

今世で初めてのレストランでの給仕係に、緊張していたのだろう身体がひどく疲れていた。

「疲れた～」

そう呟いてベッドへバフっと倒れ込むと私はそのまま眠りに落ちた。

★★★★★

俺、ソラことソラ・スミスは今回またもや、同僚のカタリナ・クラエスと共に任務に赴くこととなった。

不思議な縁で知り合った貴族令嬢カタリナとは、もう会うことはないと別れたのだが……その後、俺の身柄が引き取られた魔法省に彼女がやってきたことで再び縁がつながった。

同期で同じ部署の同僚になったカタリナとは何かと行動を共にすることが多く、気が付けばだいぶ危なっかしい彼女の面倒をなんとなく見るようになっていた。

それでもカタリナの身分は公爵家の令嬢で王子の婚約者だ。本来なら俺とは口を利くこともない存在であると忘れてはいけないのだ。

そう、どんなに彼女に惹《ひ》き付けられたとしても――――。

レジーナに言われて、カタリナと共に『港のレストラン』がいつも料理を頼んでいるという食堂へと向かう。

ちなみに取りに行くのは『食材』ではなく『料理』で間違いない。

今回の任務で置いてもらう内密で魔法省が運営しているレストランは、料理を作らず他から買ってそのまま出しているのだという。それでいいのかという店だ。

まぁ、そんな状態なので、もちろん店は流行っておらず赤字経営のようだが、そこはお国の持ち物なのでやっていけているそうだ。

そんなことを聞くと一般市民（他国出身である俺がこの国で一般の市民を名乗っていいのかはわからないが）としてはやや複雑な気分になった。

同じ気持ちになったのか、こちらも魔法省に入ってから魔力の関係で共に行動をすることが増えたマリア・キャンベルは、なんだか店を少しでも盛り上げようと意欲的になっている気がした。

そんなマリアを、そのままレジーナの元に置いて、カタリナと共に『料理』を取りに店を出た訳だが……俺は再度、レジーナに渡された彼女の手書きの地図に目をやった。

はぁ～と思わずため息が出てきた。地図は受け取った時から適当でわかりづらかった。

それでもレジーナが『これで大丈夫だから』と自信満々に渡してきたので、それを信じてしまった訳だが……全然、一つも大丈夫じゃなかった。

店を出て進んでしばらくしてすぐに気付いた。この地図は適当すぎてまったく使えないと。よく考えればあの適当な上司ラーナの同類と思われる女の言うことを信じたのが間違いだったのだ。

しかし、今さら戻って書き直してもらうのも面倒というか、書き直してもらったところで同じような地図しかもらえない可能性の方が高いと判断したため、俺たちは店には戻らず町の人に尋ねながら店へ向かうことにした。

そのため目的地に着くまでにそれなりに時間がかかったが、物珍しそうにキラキラした目で周りを見回しているカタリナの楽しそうな姿をより長く堪能《たんのう》できたのでそこはよしとした。

ようやくたどり着いた食堂は、『港のレストラン』よりだいぶ大きく人で賑《にぎ》わっていた。

「あの～『港のレストラン』の使いの者なんですけど」

とカタリナがフロアを回る女に声をかけると、しばらく待たされた後に『女将が待っているので厨房へ行くように』と言われた。

「ありがとうございます」

取り次いでくれた女にカタリナがお礼を言う。

俺が今まで見てきたお貴族様っていうのは平民をとにかく下に見ており、彼らが自分たちのために動くのは当たり前のことだと思っており、その働きに感謝することを知らない者ばかりだった。

しかし、カタリナは当たり前にこうして誰にでも感謝を口にするのですごいと思うと同時にどんな風に育てばこのように真っ直《す》ぐに育つのだろうと不思議にも思う。

言われた通りに店の奥へと進んで扉をくぐると、熱気と料理の匂いがしてきた。

そこには小さなスペースがあり、できた料理を置くのであろうカウンターテーブルを挟んで奥のほうに調理場があった。

そして小さなスペースの先、入った扉とは反対側にもう一つ扉がついている。

カタリナがカウンターを挟んで見える調理場の料理人に、

「あの～、『港のレストラン』の使いの者です。女将さんはどちらに――」

そこまで声をかけると、

「ああ、あんたらがレジーナさんとこの使いかい？」

問いかけが終わらないうちに、調理場の奥から恰幅のいい年配の女が、銀色の箱の載った台車を押しながら出てきた。どうやらこの女が女将であるらしかった。

レジーナから新人が来ると聞いていたという女将に挨拶をして、料理が入っているという箱を受け取る。

箱の中身を確認して、レジーナから預かっていた料金を渡した。

「あんたらは新しい料理人なのかい？」

渡した金を確認しながら、ついでのように女将がそう尋ねてきた。

「いいえ、給仕係です」

とカタリナが答えると、女将は驚いた顔になった。

そして「う～ん」とこちらを眺めた。

俺はおそらくこの後に続くであろう言葉が予想できた。そして女将は、

「あんたらもレジーナさんと同じ人に援助してもらってるのかい？」

俺の予想通りのことを口にした。

まぁ、あの流行らない店で雇われるというのと、レジーナが愛人と思われているという話から考えると外から見るとそう見えるよなと俺としては納得だったが……どうやらカタリナには予想外だったらしく、

「ち、違います！　私たちはレジーナさんの親戚で、その縁でお世話になるだけです」

と焦った様子で必死にそう主張し、女将に
「ああ、そうなのかい。若い女の子と、それにそっちの兄さんがやたらと綺麗だから、そうなのかなと思ってね」

そう苦笑して言われた。

「しかし、親戚とは言え、あの閑散とした店で給仕係を二人も雇うなんてもったいないね」

女将はそう言うと俺に視線を向け、きらりと目を光らせた。

これはなんか面倒そうなことを言われそうだ。

「兄さんよかったら家で給仕係をしないかい？　レジーナさんとこより給金を出すよ」

案の定、女将が面倒なことを言い出したので、

「俺はレジーナさんのところでお世話になるにはなるのですが、仕事は港で荷物積みをするの

で給仕はしないんですよ」

年上の女性に受けそうな笑みを浮かべてそう返したが、女将は驚いた顔で、

「え、兄さん、荷物積みなんてするのかい！　その容姿でもったいない、給仕をしたほうがよほど儲かるだろう。今からでもうちで働くことにしなさいよ」

とさらに食い下がってきた。

まぁ、それはその通りだろうなと自分でも思うので、適当に考えておいた作り話を口にする。

「すみません。俺、人付き合いが得意でなくて、接客はできそうもないんです」

そう言ってせつなそうな顔でも作っておけば、だいたいこの手の女は引き下がるだろう。

案の定、女将は頬を染めふにゃりとした顔になり、

「そうかいそうかい。それは残念だね。やってみたいと思えたらいつでも声をかけておくれよ」

とあっさり引いていった。そこでとどめに、

「ありがとうございます。その時は、ぜひ声をかけさせてください」

そう爽やかな笑顔でも見せておけば、女将はすっかり相好を崩した。

これから世話になるだろう人物の好感度を上げるのも仕事の一環だ。

伊達《だて》に女を口説く仕事をしてきた訳ではないのでこういったことは得意だ。ただ横に並んだ女にはこういった技がまったく通用しないのだが。

すっかりこちらに気を許した女将に「おまけだよ」と菓子をもらい送り出された。

送り出された路地を、台車を押しながらしばらく進んでいくと潮の匂いが強くなり、ザザァ

という波の音が聞こえてきた。すると、

「これって！　もしかして波の音かしら？」

カタリナが弾んだ声でそう聞いてきた。

「ああ、海が近いんだろうな」

と返すと、

「やっぱり！　ねぇ、すぐ近くかしら。少しだけ見ていかない」

目を輝かせてそう言ってきたので、俺は肩を竦めた。

「おいおい、今は仕事中だぞ」

「……うっ、そうよね」

カタリナはそう言って諦《あきら》めたようだったが、その肩は下がり、目に見えて気落ちした様子だった。

その様子があまりに哀れで、つい絆《ほだ》されてしまった。

「しょうがねぇな。この感じだとだいぶ近いみたいだし、少し見るだけだぞ。すぐに帰るからな」

「うん。少しだけ見たらすぐ帰るよ。ありがとう、ソラ」

カタリナは目をキラキラさせて、こちらに抱きついてきた。ってだからなんでお前の行動はそう極端なんだ。

「なっ、おまえ。ちゃんと台車を持ってろ」

そう言って、まるで女慣れしてない男のように動揺してカタリナを引きはがした自分に、地味にへこんだ。俺ってこんなだったかと。

波の音を頼りに路地を抜けると、そこには白い砂浜と、どこまでも続く澄んだ青い海が広がっていた。

それは久しぶりに見た美しい海だった。

横に立ったカタリナを見ると目を輝かせ呆《ほう》けた顔で海を見つめていた。どうやら海に見惚《みほ》れているらしかった。その素直な表情に、自然と俺の口元も綻んだ。

「綺麗」

思わずと言った感じで呟いたカタリナに、

「ここの海は特に美しいと言われているからな」

そう教えてやると、彼女はくるりと俺の方を向いて、

「約束、叶ったね」

と言ってきた。なんのことかわからず、聞きかえす。

「何がだ？」

「最初に会った時に約束したじゃない。海を見に連れてってくれるって」

その言葉にカタリナと初めて出会った時のことが蘇《よみがえ》ってきた。

初めて会った時、俺がまだあんたのことをよく知らなかった時、俺の話を面白いともっと聞きたいとせがんだあんたにそんな風なことを口にした。適当な口約束で本来は叶うはずもない

約束だった。

俺自身、もうとっくに忘れかけていた。

だって俺みたいな奴とあんたみたいな貴族のお嬢さんが一緒にいることなんてもうないと思ったから。

あんたが俺に『世界に違いはない。同じ場所にいる』と言ってくれた言葉と、あんたがくれた青いブローチを思い出にもらってそれで十分だと思っていたのに――――。

それなのに、あんたはあんな口約束をまだ覚えていてくれた。

そのことに心臓が鷲掴《わしづか》みにされたみたいな衝撃を覚えた。

衝撃に茫然《ぼうぜん》として続く言葉を紡げない俺にカタリナは、

「連れてきてくれてありがとう」

そう言って微笑んだのだ。

鼓動が一気に跳ね上がり、顔に熱が上がっていくのがわかった。

何人もの女を仕事で落としてきた。正直、もう女には飽き飽きしているくらいだったのに
……いまさら、こんな女慣れしてない男のような反応をしてしまうなんて……。

しかもこれだけ動揺しているところにさらにカタリナが追い打ちをかけるように、

「あ、そう言えば、あの時、ブローチを預けたの覚えてる？　約束の印にって」

そんなことまで言ってきた。

覚えてるというか、いつも肌身離さず持ってるよと思いつつ、

「ああ、そんなのあったか、どこやったかな」

などとしらばっくれれば、

「二人の目の色の入った綺麗なものだったのに――」

だから、そういう無自覚な口説き文句を連発するなっての！　もう色々限界だよ！

あまりのカタリナの無自覚魔性ぶりに翻弄《ほんろう》され、悔しくなって、いつものように彼女の頭を掴み、その髪をぐしゃぐしゃとかきまぜた。

「な、なんで、ここで頭をぐしゃぐしゃに！」

と抗議を入れてきたカタリナに、真っ赤になっているだろう顔を見られる訳にはいかないので、顔をそらしてこちらこそと抗議を口にする。

「……この無自覚め。ほらもう十分、見ただろう。店に戻るぞ」

そう言って俺はさっさと歩き出した。

一向に顔の熱が引いてくれなかったせいだ。

まったく女に手馴れた俺でもこんなになってしまう無自覚のたらしっぷり、これじゃあさほど女に慣れていない王子様や義弟くんでは大変だろう。

ようやく顔の熱も引いてカタリナを直視できるようになった頃、『港のレストラン』に着いた。戻ると、その厨房のテーブルには店を出る時にはなかった料理がいくつも並んでいた。

どうやらこの短時間でマリアが作ったらしい。この光の魔力を持つ美少女は本当になんでもできるなと感心する。

愛らしくて努力家で、料理までできる。物語の主人公のような少女だ。

普通に貴族社会で暮らしていたのなら、カタリナの婚約者の王子様や義弟くんもこのような少女に惹かれていたかもしれないが……カタリナという突飛な存在に誑《たぶら》かされて皆、彼女に夢中になってしまっているからな。なんだったらこの物語の主人公のような美少女マリアだってその一人だ。

彼女もすっかりカタリナに夢中で、レジーナによって開始されたこの試食会でカタリナの様子を一番、気にしているのだから。

しかし、想像以上に美味い飯だった。レジーナもそう思ったらしく、

「これはいけるわ。今まで雇った料理人にも全然負けてないわ。マリア、あなたこの料理を今から作って、店に出しなさい！」

などと言いだし、周りを唖然《あぜん》とさせたが、その光景は魔法省の我が『魔法道具研究室』でよく見かける光景に似て見えたのは俺だけではなかったはずだ。

結局、レジーナの独断により本日よりマリアが料理を作ることになり、フロアはカタリナと、普段からの従業員である老夫人が担当することとなり、俺の方は当初の予定通り用心棒としてフロアの隅に控えることとなった。

そして夕食時になり『港のレストラン』は開店した。

カタリナが老夫人から説明を受け、給仕係の服に身を包み、やや緊張した面持《おもも》ちでフロアに立っていた。

正直、さすがの規格外令嬢カタリナもこんな庶民のレストランでの給仕係は無理だろうと思っていた。

そもそもやると言い出した時も驚いたが、そこは持ち前の好奇心が勝ったのだろうが、実際にやってみれば厳しくて音《ね》を上げるだろうと思っていた。

魔法省で掃除や荷物運びまでする規格外すぎる令嬢であるカタリナだが、皆が基本きちんとして（我が部署は例外でやや変なのだが）おり、礼儀をわきまえている魔法省で『貴族の令嬢』という身分を明らかにして働いている時とは違いここでは『ただの町娘』として、礼儀も何もなっていない市民の元で働くのだ。それはそう簡単なことではない。

特に客と店員という立場だとどうしても客の方が、立場が上になる。そういったことに耐えるのは経験したことのない者には難しい。

だからもしカタリナが音を上げたなら俺が代わって給仕をしてもいいと考えていた。こういう仕事もそれなりにしてきたので手馴《てな》れたものだ。

実際レジーナもそのように考えていたのだと思う。だからこそ俺に隅に控えていろと言ったのだと感じた。

しかし、カタリナはそんな俺たちの予想を覆してみせた。

彼女は見事に給仕係をこなして見せたのだ。

それこそ俺のように以前にやっていたことがあったのかというほどに手馴れていた。

給仕の仕事自体もスムーズであったが、客のあしらいも上手かった。むしろ貴族の令嬢よりもはまっているくらいの働きぶりだった。

そんなカタリナに最初は唖然として、その後はただただ感心した。

ただ一つ問題を挙げるならば、非常にカタリナの愛想がよくて客への好感度が高すぎた点だ。

もともとレジーナ目当ての男が多いようなレストランだったが、愛想よく可愛らしいカタリナに好意を持ち、お近づきになろうとするような輩が現れ始めたのだ。

「一緒に出かけない？」「仕事が終わってから暇？」など明らかな口説き文句をかけられていたが、そこは凄《すさ》まじく鈍いカタリナである。

口説き文句だとまったく気付くことなく「忙しいので」と笑顔で対応し、「何か頼みたいことでもあるのかしら」と頓珍漢《とんちんかん》なことを言っていた。さすがである。

しかし、中には酔っぱらってやや強引な行動を取ろうとする客もいたため、そういう輩は事前に察して、俺が出向いて謹《つつし》んでお引き取りいただいた。

そのような感じで営業中は店の用心棒というよりカタリナの用心棒みたいな風になってしまった。

なので合間にレジーナに、

「そこまで警戒してカタリナに近づきそうな客をいちいち威嚇《いかく》しなくても大丈夫よ」

とにやにやした顔で言われたほどだ。

ただカタリナ本人はその鈍さでもって気が付いていないようだったので、それが救いではあった。


カランカランとドアのベルが鳴り、最後のお客様が帰っていく。

本日のレストラン営業が終わった。

レジーナに言われ店の外を確認し、閉店の看板を出して再び中に戻ると、レジーナ、カタリナ、老夫人が集まって楽しそうに話をしていた。

俺もカタリナの元へ行き、

「なかなかの仕事っぷりだったな。どう見てもいいとこのご令嬢には見えなかったよ」

と声をかけると、

「えへへ、ありがとう」

カタリナは嬉しそうに笑った。決して完全な褒め言葉ではなかったのだが、素直な彼女を少し眩《まぶ》しく感じた。

「それでどんなだった?」

と今日のことを尋ねると、

「お陰様で思ったより動けたよ。なんでも今日はマリアの料理のお陰でいつもよりお客さんが入ったんだって、明日はもっと入るかもしれないらしいし、気合を入れなきゃね」

そんな答えが返ってきた。これは任務を完全に忘れている。いや間違えているやつだな。

「いや、その話じゃなくて、本来の任務の方だよ。誘拐事件に関する情報を集める方の」

ため息をついてそう言うと、カタリナは目を丸くして、

「あっ！」

と声をあげた。やはり忘れていたようだ。

カタリナは何事も一生懸命なのだが、一つのことに集中しすぎると他がおろそかになるというか、ポーンと頭から抜けてしまうところがある。

「やっぱり、忘れてたか。まぁ、今日は初めての給仕業務でいっぱいいっぱいだったんだろうけど」

「うっ、ごめん」

「でも明日からもっと人が入るとなると、より大変になって情報を集めるどころじゃあなくなるかもしれないな」

「その通りかも……どうしよう」

この分だとまずそうだな。

俺も協力できればいいのだが、片隅では聞こえる話も限定されるし、用心棒という立場でテーブルの間を常にフラフラ回っているのもどうにもカッコがつかない。どうしたものかと

思っていると、

「それなら大丈夫よ」

レジーナがそう声をあげた。

どういうことかというと、彼女は風の魔力を持っており、それを上手く操って遠くの音を拾い、店で話されていることを聞き取っていたというのだ。

そう聞くと、カウンターで客に口説かれながらけだるげに、まるで心ここにあらずの様子だったのも頷ける。ただ単にすごくやる気がないのかと思っていたが、魔法で話を聞き取っていたのでああなったということだろう。

意外とちゃんと仕事をしていたんだなと少しこのレジーナという人物の印象が変わった。

「それで、誘拐に関する情報は何かありましたか？」

と尋ねると、レジーナは少し「う～ん」と唸ってから、

「今日の噂話の中にはそれらしいのものはなかったわね」

と返してきた。やはりそう簡単に欲しい情報は集まらないか。

「でも、もっとお客が増えてくれれば集まる情報も増えるだろうから――あなたたちに頑張ってもらえばきっと欲しい情報も集まってくるわ――ということで情報は私が集めるから、あなたは給仕に専念して店を盛り上げてくれればいいから、よろしくね」

レジーナはそう言うと店の奥の方へと去っていった。

その言葉を聞いて給仕係だけしていればよくなったカタリナは目に見えてほっとした顔をし

ていた。

レジーナが去り、最後にフロアを老夫人とカタリナと掃除をした。

魔法省で慣れているためかこちらもカタリナは手際よく行っていたが、その姿はもうどう見ても公爵家の令嬢には見えなかった。

「お酒を出すお店だし、酔っぱらいに絡まれたりするかもと心配したけど、意外としつこく絡んでくる人とかいなくてよかった」

掃除もほとんど終わった頃、カタリナがそんな話を振ってきた。

予想通り俺の過剰な働きは気付かれなかったようだ。自分でも過剰であると感じていたので、まぁ気付かれなくてよかった。なので、

「……酒を飲みに来る人はレジーナさん目当てが多かったからな。でもレジーナさんはそういう奴の扱いが上手いから特に揉めることもなかったな」

そんな風に何もなかった風に言えば、

「じゃあ、用心棒ソラの出番はあんまりなさそうだね」

素直なカタリナはあっさりと信じてそう言った。

「……そうだな。っとこれで終わりで良さそうだな。今日はもうさっさと寝床に帰るとしようぜ」

これ以上余計なことをしゃべってボロを出すのもなんなので、俺はさっさと部屋へ戻ることにした。

だが、結局、普段の習慣でカタリナがちゃんと従業員部屋へ戻ってこられるか気になり待ってしまっていた。

しばらくしてカタリナがやってきて、「さっさと部屋に戻って休め」と声をかけ別れようと思ったのだが、

「ソラ、レジーナさんに聞いたよ。酔っぱらい撃退してくれてたんだってね。全然、気付かなくてお礼言いそびれちゃったよ」

そう言われてしまい、やや口ごもってしまう。

あの女、余計なことをしゃべってくれて。

「……別に、それが仕事なんだから、お前が気にする必要はないんだよ」

先ほどごまかしたこともあり、なんだか気恥ずかしくなりそっけなく言ったのだが、

「でも、いつもそんな風に私を助けてくれるじゃない。ありがとう」

と背を引っ張られ、またかなり胸に刺さる台詞《セリフ》を吐かれてしまい、鼓動が跳ね、顔に熱が上がる。

悔し紛れにその頭をぐしゃぐしゃにしてやった。

「また、これ！」

「……さっさと部屋に戻れ」

文句を言うカタリナにやっとそう言うと、

「うん、また明日もよろしくね」

意外と素直にそう言って戻っていってくれたので助かった。

そしてカタリナが部屋に戻ったのを確認してから俺も与えられた部屋へと戻った。

鼓動はしばらく落ち着かず、顔の熱もなかなか下がってくれなかった。まったくカタリナを相手にしていると調子が狂う。

そうしてひどく調子を狂わせたせいか、その晩はひどく懐かしい夢を見た。スラムで暮らしていた頃、ヘマをしてゴロツキにやられかけた時の夢だ。

ああ、死ぬと思った時、その当時の仲間の一人が戻ってきて俺の手を引いてくれた。殺伐として自分が生き残るのにやっとなスラムであんな風に助けられたのは後にも先にもそれっきりだったのでよく覚えていた。あの時の、あいつは元気にやっているだろうか。


翌朝、近くで何か物音がしたのに気が付いた。

物音は廊下から聞こえた気がした。今、この従業員用のスペースを使用しているのは俺たちだけだ。

気になったので部屋を出て見たが誰もいない。しかし人の気配は感じたので、従業員用廊下を進み、店の方を確認すると、厨房に人影が見えた。

覗いてみると、マリア・キャンベルがなにやらゴソゴソと作業をしていた。

「何してるんだ？」

入り口からそう声をかけると、マリアは驚いた顔をした。

「ソラさん。どうしてここに？」

「物音がしたから気になって来てみたんだ」

「ああ、起こしてしまったのですね。すみません」

マリアが申し訳なさそうに頭を下げた。

「いや、丁度、起きていたからいいんだ」

気にしたそぶりのマリアにそう言って、

「それで、こんなに早くから何してるんだ」

そう聞くと、マリアはなんだか少し照れくさそうに答えた。

「あの、今日の料理の準備を少ししておこうかと思って」

「こんな早くから？」

この店は昼の部と夕の部に分かれて営業しているそうだが、昼の部の開店までにもまだかなり時間がある。こんな早朝から準備する必要はない気がする。

「あの、昨日レジーナさんと話して、今日からまた他にも別の料理を出してみたり、昼にはお菓子をデザートに出してみようって話にもなったので、色々と準備しておこうと思って」

どうやらレジーナに色々とやらされているらしい。

なんていうかこの子もすごい素直だからな。

前回の城への潜入任務の時にも感じたが、この子も何に対してもとても一生懸命だ。

そしてこの子の場合、その能力が高くそれができてしまうから、期待もされやすく、またそこから頑張ってしまうみたいな子である。

これはこれでなんだか心配になるな。

「え～と、キャンベルさん。店を盛り上げるのは確かに情報を集めるのにもいいかもしれないけど、こんな風に一人で頑張りすぎなくてもいいから、手伝えることとかあったら言ってくれれば手を貸すから」

そう声をかけると、マリアはきょとんとした顔になり、それから、

「ソラさんはカタリナ様と同じようなことを言ってくださるんですね」

そう言って嬉しそうに微笑んだ。

「え、カタリナ様と？」

出てきた名に驚いてオウム返しでそう聞くと、

「はい。カタリナ様もよく一人で無理しないで、自分を頼っていいと言ってくださるんです」

それは幸せそうな顔をして答えた。

その顔には『カタリナ様、大好き』と大きく書いてあり、俺は思わず、

「マリアさんはカタリナ様が本当に好きなんだな」

と口にすると、マリアの顔はさらにぱぁ～と綻んで、

「そうなんです。カタリナ様は――」

そう嬉しそうにカタリナについて語り出した。

魔法学園で庇《かば》われたこと、その姿がそれはカッコよかったことなど、どんどん出てくるカタリナの貴族令嬢らしくない話に俺もつい聞き入ってしまった。

「はっ、すみません。つい夢中になって話してしまって」

だいぶ語ってからようやくはっとなったマリアに、

「いや、楽しくていい話だったよ」

と返すと、マリアはまた嬉しそうに微笑んだ。そして、

「私、少しでもカタリナ様に追いつきたいんです。それで私も頼りにされたいんです。だからこうして店のために料理を考えて準備するのもそのためなんです。自分のためなんです」

そう言ったマリアの眼差《まなざ》しは強くて、この少女が守られるだけでない強い存在であることを感じさせた。

「そうか、よし、じゃあ、俺にも手伝わせてくれ、何をすればいい？」

「え、あ、ありがとうございます。じゃあ——」

そうしてマリアの指示の元、俺はマリアの仕事を少し手伝った。

マリア・キャンベル、彼女こそ、カタリナを巡る王子や義弟くんの争いの最大の強敵であるんじゃないかなどと感じながら。

★★★★★

トイレに行きたくなって目を覚ますともう日は昇っているようだった。

もそもそと起き上がりトイレへ行って部屋へ戻る時、お店の方から声が聞こえてきたので、気になって覗いてみた。

すると厨房にマリアとソラがいて楽しそうに話をしている姿を見つけた。

こんな早くから何をしているんだろうと声をかけようと思ったけど、なんだかすごくいい雰囲気の二人を邪魔しちゃあ駄目な気持ちになり、そのままそっと部屋へ戻った。

お店が始まるのは昼からだしまだ眠っていてもいいはずだ。

私はまたもそもそとベッドへ戻ったが、少し冷えたからすぐには眠りに落ちなかった。

ベッドの中でなんとなく先ほどのマリアとソラの様子を思い出した。

あんな風に並んでいると、美男美女で二人はとてもお似合いだったな。まるで物語の主人公たちのようだった。

あ、マリアは乙女ゲームのヒロインでソラはヒーローだった。間違いなく物語の主人公たちだ。

なんだそれじゃあお似合いな訳だわ。納得納得。そうなると、こうして二人にべったりくっついてる私はさながらお邪魔虫な存在だな。

まぁ、私は元々、この乙女ゲームの世界では悪役令嬢だったのだから、それも仕方ないか……ん！　そこまで考えた時、私は大事なことを思い出した！

そうだ、私またゲーム続編でも悪役令嬢の役割を振られているんだった！

今度はゲーム続編のソラたち新しい攻略対象との恋を邪魔するお邪魔虫として——それはまさに今のこの状況を示している気がした。攻略者とヒロインの恋を邪魔して破滅する悪役令嬢カタリナ・クラエス。

昨日の荷物の片付け時に『闇の契約の書』を見てその辺のことを思い出して、ソラの気持ちを探ろうとか思ってたのに……なぜにもう忘れてしまっていたのだ自分。どんだけなのよ。

前世から、危機感が薄くて、何かに夢中になると大事なこともポーンとすぐに忘れてしまうというところがあった私、通知表にもよくそのようなことが書かれていた。

しかし、今、人生の破滅が迫っているかもしれない状況でこれはまずい。少し気を引きしめなければ！　私はベッドから起き上がり、持ってきた荷物を漁《あさ》った。

これでもない。これも違う。あ、あった！

ポイポイと床に荷物を放り投げようやく見つけたのは、破滅フラグ回避対策ノート2。

以前の破滅対策ノートは魔法学園卒業で無事に破滅を回避した後に『もういらないわ～』とご機嫌で処分してしまったため、魔法省でⅡが始まったことを知って新たに作ったノートである。

ここには、以前ソフィアから借りた本の中に挟まっていた紙も挟んであった。

この紙には私がプレイしていない『ＦＯＲＴＵＮＥ・ＬＯＶＥＲ　Ⅱ』の内容が日本語で書

かれているのだ。

　ここは前世の世界とはまったく違うので、おそらく私のように日本人の前世を持つ誰かが他にもいて、その人もゲームをしていてそれで書き起こしたのだろう。

　だが、誰が書いたのかを必死に探してみたが結局突き止めることができなかった。それでも続編をプレイしていない私にとってこれは非常に重要な情報である。

　私は紙を開いて目を落とした。


『主人公が就職した先の魔法省での恋の物語がスタートする』という言葉から始まり、魔法省での新たな攻略キャラの名前が並ぶ。そこにソラの名もあった。

　そして『前回からの攻略キャラにはそれぞれのライバルキャラ等が関わってきて、その子たちと上手く付き合ったり、認めてもらったりすることで恋が進展していく』に続き『今回からの新しい攻略キャラの攻略には謎の女の嫌がらせをどう乗り越えていくかが主となる』という記述の後に書かれているのは――――。

『ちなみにこの謎の女の正体は前回、国外に追放されたという設定のカタリナ・クラエスだとのちに明らかになる。

　国外追放されたことで主人公を深く恨んだカタリナは禁忌である闇の魔力を手に入れたことで再び密かに国内へ侵入、そして魔法省に忍び込んでいたのだ。そして主人公マリアへの復讐《ふくしゅう》を企《くわだ》てている。

カタリナの嫌がらせを攻略対象とともに乗り切り、その正体を突き止め、役人につき出しカタリナを監獄に投獄することでハッピーエンドを迎えることができる。

反対にカタリナを役人につき出せない場合、カタリナと相打ちとなり、攻略対象は闇の魔力で廃人となってしまう』というとんでもない事実。

うっ、これ何度見てもへこむわ。

これを見るたびに毎度、思うけどなんでカタリナ戻ってきちゃったのよ。

私だったら追放後は大人しく畑を耕すというのに……しかも今度は投獄か死って前回より悪くなってるのよね。

国外に追放もしてくれなくなるんだもんな。

せめて追放にしてくれれば今なら農民として雇ってもらえる自信があるのにな……って今はそこを嘆いても仕方ない。

重要なのは、今の私の状況が明らかにソラとマリアのお邪魔虫だということだ。割とこの三人での行動は多いのでその辺をすっかり失念してしまっていた。

おまけにソラのマリアへの気持ちもわからないから確かめてみようと思ってたけど……先ほどのソラのそれは楽しそうな表情を見るに、やはりマリアのことを好きな可能性が高い。

『闇の契約の書』やポチといった闇の魔力関係を手に入れてしまったことに引き続き、お邪魔虫なこの状況、悪役令嬢まっしぐらじゃない！

このままだと本当にまずいわ！　打開策を考えなくては！

議長カタリナ・クラエス。議員カタリナ・クラエス。書記カタリナ・クラエス。

では、今の危機的状況を打破して、破滅エンドを回避するための作戦会議を開幕します。

『まずいわね。なんでこう悪役に近づいていってしまうのかしら』

『大人しく慎ましく生きているだけなのに』

『え、そうかしら？』

『え、何かおかしなことしている？』

『おかしなことはしてないかもだけど、そんなに大人しくはしていないんじゃない？』

『そうかしら昔よりはだいぶ大人しくしているんじゃない』

『おっほん、今は、そこはどうでもいいわ。今、話さなければいけないのは現状のことよ』

『ああ、カタリナの存在がマリアとソラのお邪魔虫になっているんじゃないかっていうことね』

『そうよ。ゲーム続編でカタリナは新しい攻略対象と主人公の恋路を邪魔して破滅するのよ。今のこのお邪魔虫という立ち位置は非常にまずいわ。ゲーム通りだわ』

『え、じゃあ、このまま破滅しちゃうの!?』

『待って、まだ錠破りの練習をしていないから投獄はまずいわ！』

『それどころか、命の危険だってあるのよ！』

『まずいわ、まずいわ、どうしたらいいの〜〜〜！』

『皆さん、落ち着いてください。今すぐに破滅する訳ではないわよ。このままでは破滅するかもしれないということよ』

『……あ、そうなんだ。今すぐじゃなくて、かもしれないってことなんだ。よかった』

『そっか、だったらもう少ししたらマリアのところに行ってみない。確か、昨日、お菓子も作るかもって言ってたのを思い出したのよ』

『あ、そうだったね〜、マリアのお菓子。どんなの作るのかな、楽しみだね』

『……いくらなんでも落ち着きすぎです！　なんでそんな一気に落ち着けるんですか！　そもそも今、マリアのところに行ったらソラと仲良く話しているのを邪魔することになるじゃないですか！　またお邪魔虫になりますよ』

『……確かに』

『……そうだね』

『このまま、こんな風に空気を読まず恋路の邪魔をし続ければ、確実に破滅は近づきます』

『え〜と、じゃあどうすればいいの？』

『それを考えるために集まったのではありませんか』

『……そうでしたね』

『それで、どうしたらよいと思いますか。いい案がある方はいらっしゃいませんか？』

『はい』

『はい、どうぞカタリナ・クラエスさん』

『ソラのマリアへの気持ちも応援しましょう。サイラスやデューイにしてあげてるみたいに！』

『それはいいですね。ソラのことも応援しましょう』

『いや、そもそもソラはマリアが好きなの？　最初に今回で確かめようとか言ってなかった？』

『先ほどの楽しそうな顔を見たでしょう。ソラは気を許していない相手にあんな顔はしないわ。よってソラはマリアに気があるのよ！』

『……まぁ、だとしても、どうやって応援してあげるのよ』

『できるだけ二人っきりにしてあげるのはどう？』

『いいのではないですか。ところでどうやって？』

『カタリナが邪魔しに入らなければいいんじゃない？』

『ああ、カタリナは邪魔だからね』

『……その通りだと思うけど、そんなに邪魔邪魔言われるとせつないわ』

『……そうね。でも事実だから』

『ち、ちょっとそこでしんみりしないでちゃんと考えてよ。カタリナが邪魔しない方法を』

『そ、そうねぇ、え～と、そもそもカタリナが二人に頼ってくっついてるのが良くないんだから、もっと一人で行動すればいいんじゃない？』

『『　!!　』』

『カタリナが自立して行動すればマリアたちも二人っきりになる機会が増えるんじゃない』

『そ、その通りですわ』

『なんだ簡単なことじゃない』

『じゃあ、今回の結論はカタリナが自立して行動するということでいいですか?』

『『異議なし!』』

『じゃあ、カタリナ、しっかり一人で頑張りましょう!』

こうしてカタリナたちの会議はまとまり、ほっとした私は再びベッドへ戻り二度寝に入った。

そして今度は時間になっても一向に起きてこない私を心配したマリアが起こしに来てくれるまで眠り続け、のちにそれを知ったソラに『お前はもう少し自立しろよ』と怒られた。

# 第二章　路地での出会い

少女を見張る仕事の間でふと通りかかった路地の片隅で、俺《おれ》は痩《や》せて汚れた子猫を目にした。

その姿がなんだか自分自身と被《かぶ》って見えたのは、この豊かな国に来て色々と自分の過去に思いを馳《は》せることがあったせいかもしれない。

俺の記憶の始まりはゴミの中で丸まって眠っていたというものだ。

親という存在を知らず、与えられるものなどなく、同じような子どもたちと盗み奪うことだけを繰り返した日々。

眠りは浅くいつでも逃げ出せるように気配を探っていた。暖かい布団も食事も何も知らず、痩せて薄汚れた子ども。

子猫は路地に置かれたごみを必死に漁《あさ》っていた。

なんとなくそのまま通りすぎることができなかった。

昼用に買ったパンを片手に近づくと全身の毛を逆立ててきた。そんな様子もなんだか幼い頃《ころ》の自分と被って見えた。

俺はパンに挟まっていたハムをちぎって子猫の方へと放《ほう》った。

子猫は警戒しつつ、ゆっくりハムへと顔を近づけ恐る恐るといった感じで口をつけ、食べられると確認すると、すごい勢いでハムを食べ始めた。

俺はその後もハムをちぎって少しずつ子猫に投げた。

ハムはあっという間にほとんどなくなってしまったが、それでもなんだか胸はすっとした気持ちになった。

腹が少しは満たされたのか、去っていく子猫の姿に、なんとなくまた暇ができたらここに様子を見に来てみようというらしくない気持ちが芽生えた。

★★★★★

「このお菓子、すごく美味《おい》しかったです」

少女たちにそう言われ、私が笑顔で、

「ありがとうございます。また明日からは違う種類のものも出す予定なので、よかったらいらしてくださいな」

と答えると、彼女たちは「本当ですか」「楽しみ」「お小遣いが足りるかしら」ときゃきゃあと楽しそうに声をあげて去っていった。

『港のレストラン』昼の部は非常に繁盛していた。

レジーナの話では「夜以上に全然、人が入らない」ということだったのだが、本日からマリアのお手製お菓子を単品でも出して、それを表の道で試しに試食宣伝してみたところ、新しいもの好きな女の子たちが食べに来てくれた。

そしてそういった女の子たちの情報網は早いもので、その後にもその子たちに話を聞いたという少女たちが続々とやってきてくれたのだ。

昼の部はほとんど人が来なかったので、老夫婦に仕事を頼んでおらず、ソラも日中は船の荷物積みの作業に行っているので店にはいなかった。

そのため席がだいぶ埋まってくるとレジーナもカウンターから出てきて手伝ってくれた。

「この店にこんなに女の子が来たのは初めてだわ」

レジーナは感慨深そうにそう漏らした。

普段はくたびれたおじさんが数名来るくらいだという『港のレストラン』昼の部は一気に女の子たちが集い、なんだか女の子専用のカフェみたいな雰囲気になった。というか頼まれるのはお菓子ばかりなので、本当にカフェのようだった。

いつもは全然、お客が来ないので早々に閉めるのだというレストランも今日は女の子たちが次々とやってきたので、ぎりぎりの時間まで開けることとなった。

「ありがとうございました」

最後のお客さんである少女たちを見送り、昼の部は終了した。

私はレジーナに言われ、閉店の看板を出すため、外を確認しに出た。

『港のレストラン』は大きな通りに面していて、普通ならお客さんもたくさん入りそうな立地なのだ。おそらく他店の使い回しの料理しか出さないことで、客足が遠のいていただけだったのだろう。

その証拠《しょうこ》に今日、お菓子を宣伝して少女たちの噂《うわさ》に上ればあっという間に人は集まってきたのだから。

この分だとすぐに人気店になりそうね。私はほくほくした気分で看板を変えて中に戻った。

中に入ると厨房《ちゅうぼう》で頑張っていたマリアがフロアに出てきてレジーナと共にいた。

「お疲れ様。マリアのお菓子が美味しいからたくさんお客さんが来て、お店が繁盛したよ」

今日の一番の功労者であるマリアにそう声をかけると、マリアは困った顔をして首を横に振り、

「ありがとうございます。でも繁盛したのはカタリナさんのお陰です」

そんなことを口にした。

「えっ、なんで私？」

「カタリナさんがお菓子の宣伝をしてくださったから繁盛したんです」

「え、いや、でも初めに少し宣伝しただけで、お客さんが入ってくれたのはお菓子が美味しかったからだよ」

マリアの言う通りお菓子の宣伝をしたのは私だ。だって宣伝しないとわかってもらえないから。

せっかく人通りの多い通りに面しているんだからそれくらいしてもいいだろうと、開店前に

試食のお菓子を片手にマリアの手作りお菓子がいかに美味しいかを熱弁したのだ。

その試食を食べ、つられて最初の女の子たちが入ってくれたのだが、それもお菓子が美味しかったからで、私の功績ではないのだけど。

「いいえ、あの試食というのもすごいアイディアでした。あれがなかったら女の子たちも入ってくれませんでした。やはり繁盛したのはカタリナさんのお陰です」

マリアはそう言って譲らなかった。

いや、試食は前世でよくあったことで、私がすごいことなどないのだけど。

「いや、でも――」

「はい。二人ともその意味のない譲り合いはいいから、もう休憩しなさいな。夕刻前にはもう夜の準備をしないとだから、休めるうちに休んでおきなさい。今日はきっと昨日より忙しくなるわよ」

レジーナがそう言って私たちをフロアから追い出した。

追い出された私たちは顔を見合わせた。

「休憩って、どうしよう。部屋で休めばいいのかしら」

あの何もない部屋で何をすればいいんだ。昼寝とか？　どうしようと思っているとマリアが、

「あの、私はまだ町をよく見てないので、少し町を見てみようと思うんですけど、カタリナ様もよかったらどうですか？」

そう声をかけてくれたので、

「うん、行く！」

二つ返事でＯＫさせてもらった。

レジーナに二人で外出する旨を伝えると、

「基本的にはこのあたりの区域は治安がいいけれど、日が傾く前には必ず戻ってくるのよ。あと人通りの少ない路地裏なんかには近づかないこと」

と言い含められ、散策はこの区域で行うということとなった。

ほとんど、どこに行っても安全な王都育ちとしてはその警告に少し驚いたが、王都以外はだいたいそんな感じなのだという。

それでも他《ほか》の国に比べれば『さすがソルシエ』というものなのだそうだ。私たちは、

「わかりました」

と神妙に頷《うなず》き、そして二人で町へと繰り出した。

マリアは町をよく見ていないということだったけど、私も昨日、食堂に料理を取りに行くのに少し出かけただけでまだよく見ていないので町の散策にはテンションが上がった。

潮の香りが漂う港街はとても賑《にぎ》わっていた。

それに港の町だからなのだろう。他国の人と思われる姿も多かった。

それから王都では見かけないものが、たくさん売っていた。

見たことのないフルーツに、たくさんの魚、屋台の食べ物も珍しいものばかりだ。

「ねぇ、あれ美味しそう。あ、あれも食べてみたい。あ～、でもあっちも捨てがたい」

食べてみたいものが多すぎて決められない私に、マリアがクスクスと笑いながら、

「すぐに帰る訳ではないですし、順番に食べていけばよいのではないですか」

そう言ってくれた。

確かに、まだすぐに王都へ帰るわけではないので、急いで全部食べないで少しづつ食べていっても大丈夫そうだ。

「そうね。そうするわ。じゃあ、今日はとりあえず――」

たくさんの珍しい食べ物に私は結局、一つにはしぼり切れなくて、何個か買ってマリアと半分こにさせてもらうことにした。

近くのベンチに並んで座って、屋台で買ってきたものを半分に分け合って食べる。

「はい。これ、マリアの分」

「ありがとうございます」

「いただきま～す」

私はパンケーキを口いっぱいに頬張《ほおば》った。

フワフワのパンケーキの中には、ジューシーなフルーツがたっぷり入っていて、甘酸っぱさが口の中に広がった。

「う～ん。美味しい」

頬に手を当て幸せいっぱいにそう言うと、マリアも、

「本当ですね。とくにこのフルーツの甘酸っぱさが美味しいです」

ニコニコと頷いた。

「見たことないフルーツだよね」

カラフルな南国フルーツは王都で目にしたことがなかった。

「そうですね。私も初めて食べました。このあたりの特産品なのかもしれないですね」

マリアがそう言うのならば、きっとそうなのだろう。

「このようなフルーツを、店で出すお菓子に入れてみたいですね」

マリアがフルーツを真剣に見つめながらそう言った。

「うわぁ、それ美味しそう。さっきフルーツを売っているお店も目にしたから、帰りにそこで買っていこう」

「はい！」

そうして二人で屋台の食べ物を食べた後には、今度はお店のウィンドショッピングに繰り出した。このあたりの服や飾りは王都とは少し違ってカラフルなものが多い。

「これ可愛《かわい》い。マリアに似合いそうだよ。ちょっとつけてみて」

「あ、ありがとうございます。あの、カタリナさん、見てください、これも素敵です。よかったらつけてみてください」

お土産《みやげ》もの屋さんも覗《のぞ》いてみた。

「これ見てマリア、謎《なぞ》の生物の置物がある。魔法省にいる不思議生物かしら」

「いえ、カタリナさん、これはこの土地の守り神だそうですよ。ここに説明が書いてあります」

「おお、守り神なんだね。あ、こっちに星の形の砂があるよ！」

「うわぁ、綺麗《きれい》ですね」

「あ、そうだ！　マリア、海に行ってみようよ」

星の砂を見て海を、そして町に着いた時にマリアが『海に行ったことがないので行ってみたい』と言っていたのを思い出したのでそう提案すると、

「海、行きたいです」

マリアはキラキラした目になりすぐにそう言ってくれた。

「よし、行こう！」

海までの道をお店の人に聞いて私はマリアの手を引いて海へと向かった。

教えてもらった通りに大通りを真っ直《す》ぐに行くと大きな港に出た。色々な人で賑わっていた。

そして今日も海は青く澄んでいてとても綺麗だった。

初めて海を目にしたというマリアは昨日の私のように感動した様子で海を見つめていた。

「すごく綺麗よね」

そう横顔に声をかけると、マリアは、

「はい」

と深く深く頷いた。

「なんだか同じ国の中なのにここは王都の方とは全然違うよね。ここから他国に行ったらもっと違うのかな」

海とそこに並ぶ船を見つめながらしみじみ言うと、

「そうですね。きっともっと違う世界が広がっているんでしょうね」

マリアもそう返してくれた。

異国、そう言えばセザールは無事に祖国に帰れたのだろうか。

少し前に開かれた近隣会合で出会った異国の王子。

奇妙な縁で仲良くなった彼のその後のことを、海を見ながら考えていると、突然、マリアがぐっと私の腕を掴《つか》んできた。

驚いてマリアを見ると、マリアの顔はどこか強《こわ》ばっていた。

「どうしたの？」

「あの、なんだかカタリナ様が遠くへ行ってしまいそうな気がして……カタリナ様は異国へ行きたいのですか？」

どうやら、ぼうっと海を見つめていたら異国へ行きたいと思われてしまったらしい。

確かに学園に入るまでは国外に追放されたらと、異国での生活も考えていたけど、今はそんなことはない。というか今度は、国外追放がないからな。あるのは投獄だから考えるべきは檻《おり》を抜ける方法だ。

まぁ、異国に行ってみたいという気持ちはあるけど、どうせなら、

「行ってみたいとは思うけど、一人で行ってもつまらないだろうな。行くなら皆と一緒に行きたいわね」

私はそれからマリアに手を伸ばして、

「異国に行く時はマリアも一緒に来てくれる？」

そう誘うと、マリアは頬を赤くして、

「はい。どこへでもご一緒します」

そう素敵な返事をくれた。これは私が攻略対象だったら完全に恋に落ちてしまっているやつだ。

なんて思いながら空を見上げれば日が少しずつ傾いてきてしまっていた。

「よし、そろそろ帰りましょう。ふふふ、こんな風に友達と買い食いしたりショッピングしたりして遊んだの初めてで、すごく楽しかった」

基本的に貴族令嬢は屋台でご飯とか付き合ってくれないからな。

「マリア、今日は付き合ってくれてありがとう……ってマリアどうしたの！」

隣のマリアに目を向けると、なぜかその目からすっと涙が流れていた。

「だ、大丈夫？　どこか痛いの？　そこに座って休む？」

どうしようどうしようと焦る私にマリアは慌てて、

「あ、あの違うのです。これはその感極まってしまって、いえ、その大丈夫なので」

そう言って逆に私を宥《なだ》めた。

「換気が回る?」

動揺してよく聞き取れなかったが、どういうことだ。

頭にはてなを浮かべる私にマリアは照れくさそうに微笑《ほほえ》んで、

「その、カタリナ様が大好きということです」

と言った。

意味はわからなかったが、美少女に頬を染めてそんな風に言ってもらえてなんだか舞い上がってしまった。

「あ、ありがとう」

なんだかこっちも照れてしまった。

結局、マリアの涙の理由はわからないままだったが、その後マリアはいい笑顔だったので、大丈夫なようだった。あといつのまにか今までどおりの「様」呼びになってしまっていたマリアにここでは「さん」でねと再びお願いすると、マリアはそうでした! と赤くなった。

帰りにお店でお菓子用に特産のフルーツを買って店に戻った。

店に戻ると相変わらずけだるげな雰囲気のレジーナが迎えてくれた。

港に行ってきた話をするとソラはいたのかという話になった。そう言えばソラは港で荷物積みの仕事をしているのだった。

すっかり忘れていた私は見なかったと答えたが、マリアの方は海に行く前に少し見かけたと答えた。

「あれ、声をかけなかったの？」

「あの、声をかけるタイミングが合わなかったので」

私の問いにマリアはそう答え、私もそうだったんだと思って、自室に支度に戻ったがそこで『港に行く前か～』とぼんやり考えていて気が付いた。

港へ行く時、張り切った私はマリアの手を引いてズンズンと歩いていた。

だいぶ意気込んで急ぎ足になっていたから、見かけたソラにマリアは声をかけられなかったんだろう。

これはまたソラとマリアの仲を邪魔した形になってしまった。

まずい。破滅回避のためにも『自立して二人を邪魔しない』とか決めたばかりなのに、早速マリアを独占し連れ回した挙句に、二人を出会わせないとか……思いっきり邪魔しているじゃん。私は自分の駄目さに大いにへこみ、反省した。

これ以降は気を付けよう。破滅回避のためにも、二人の邪魔はしない！

反省し気持ちを新たに夜の部の準備を始めていると、港で荷物積みの仕事をしていたソラが戻ってきて、日中に聞いたという話を報告してくれた。

「港での積み荷の検査はかなり厳重に行われているみたいだが、出航するすべての船を隅々まで確認するのはさすがに難しいから、その辺に抜け道があるらしいという話を聞いた」

つまりは、そういう事情を上手《うま》く利用して人身売買が行われている可能性があるということだ。

「でもこんな明るくて賑わっている町で本当に人身売買が行われているのかしら?」

私は今日新たに回ってみて、活気にあふれ明るい町だという印象が強くなった。

前にキースが誘拐されて捕まっていた町のように荒れて、道に人が横たわっている様子もない。このような町で人身売買なんてことが行われているなんてとても思えなかった。

そんな風に思った私にレジーナが、

「そうね、この町は明るく賑わっているわ。でもここは港街で他国の人々が多く集っているから、そうした人たちが起こすトラブルが多いの」

そう教えてくれた。そして、

「ちなみにこの店の立っている区域はこの町に暮らす人たちが多いから、そういったトラブルは少ないのよ」

とのことだった。

そうか、港街で他国の人が多いということはそういうことなんだ。

そう言えば近隣会合でもソルシエの常識を知らない他国の傲慢《ごうまん》な貴族が、マリアを拉致《らち》するという暴挙を起こしたのだった。

『この国は平和で穏やかだけど、他国は決してそうではない』

ソラやセザール、他にも色んな人たちに言われてきた言葉が蘇《よみがえ》ってきた。

そう思うとただ綺麗で素敵だと思っていた海の先もなんだか違って見える気がした。

そして報告後に、一度、部屋に戻って支度をしてくるというソラが去り際に、

「そういえば港の方へ来ていたのか？」

と私たちに聞いてきた。

「はい。休憩時間にカタリナさんと少し町の散策をして海を見に行きました」

素直なマリアがそう答えるとソラは、

「そうか、よかったな。ただこのあたりは安全みたいだからいいけど、あんまり変なとこには行くなよ」

と忠告していった。

「ふぅ、ソラ、怒ってないみたいね」

ソラの背を見送って思わずそう呟《つぶや》くとマリアが、

「え!?」

驚いた顔でそう声をあげた。

きっとなんのことやらわからないのだろう。

乙女《おとめ》ゲームの主人公らしく鈍いところのあるマリアにはソラがマリアに好意を持っているとは思わないのだろうから。

「あ～、私たち二人だけで町を散策したから怒っちゃったかなと思って」

厳密にはマリアを私が独《ひと》り占めしてしまったから怒ったかなと思ってだけど。

「ああ、そうですね。ソラさんも一緒に行きたかったかもしれませんね。次はソラさんも誘って三人で行きましょう」

そこは二人で行っていいのよ。「私、お邪魔になるだろうし」と思ったがマリアに、

「え、三人で！」

「はい。三人で行きましょう」

とそれは愛らしい笑みで言われると、

「そ、そうね」

と頷いてしまった。

主人公の魅力半端ない。もう私の方が攻略されそう。マリア可愛い。

いやでもそこは抗《あらが》わないと、お邪魔虫の悪役には破滅が……と私は一人内心で葛藤《かっとう》した。

そんな私の内心を余所《よそ》に準備は進み、本日の『港のレストラン』夜の部が開店した。

レジーナの予想通り昨日よりもお客さんの入りがいい。

レジーナ曰《いわ》く、ここには人々が多いので、その関係も密で噂の広がりも早いのだそうだ。

そのためかマリアの料理だけじゃなく私のことも広がっているようで、

「レジーナさんの親戚《しんせき》なんだって、頑張りなよ」

などと声をかけてくれる人も増えた。

また昼間に娘さんがお菓子を食べに来たかったけど、間に合わなくて悔しがっていたという
お客さんには特別にお菓子を持ち帰りのお土産にしてあげたりもした。

なんだか昨日より慣れてきた分、よりお客さんともコミュニケーションが取れるようになってきた。

馴染《なじ》みの町の人たちだからかお客さん同士も仲が良く、話しやすく気さくな雰囲気だったのもよかったと思う。

何人かのお客さんは私の名前も覚えてくれて「また来るよ」と言って帰っていった。

老夫人やレジーナさんに「一日ですっかり馴染んですごいね」と褒められた。

昨日から褒められることが多くて嬉《うれ》しい。町のレストランのウェイトレス、貴族令嬢より私に向いている気がしてきた。


「ありがとうございました」

最後のお客さんを見送って本日のレストラン営業は終わった。昨日よりお客さんが増えて、一時期は席もだいぶ埋まった。

「もしかして、このままいけば赤字を脱するかもしれないわ」

とレジーナはほくほくしていた。

片付けが終わりお手伝いの従業員である老夫婦を送りだすと、レジーナが夜の部で拾った話を報告してくれた。

「お客が増えたお陰でさらに色んな話が聞けるようになったわ。あなたたちのお陰よ。ありがとう」

レジーナはそう言って話を始めた。

「まず直接的に誘拐や人身売買という話はさすがに聞かなかった。それでも港の方で異国人がなにやら怪しげな行動をしているようだって話はあったわ。でもこれは比較的によくある話だからもう少し深く調べてみるわね」

港街で異国人が怪しい動きをするのは割と日常茶飯事で、そのあたりのことは港の警備兵に報告して終わりなんだそうだ。

そこで捕まるのはだいたい輸出入してはいけない物品を扱っている者がほとんどだという。

「物ならともかく、人を連れ去るなんて許されるものではないからね。噂の出所を調べたらまた報告するわ」

そうしてレジーナの報告は終わり、私たちは明日に備えて休むため自室に戻った。

マリアは戻る途中にソラに、

「次は三人で一緒に散策に行きましょう」

そう誘い、ソラも、

「そうだな」

と乗り気な返事をしていたが、内心は三人よりマリアと二人で行きたいと思っているのだろうから、私は『いざとなったらちゃんと空気を読むから任せてね』とソラにアイコンタクトを送ってみたが、怪訝《けげん》な顔をされて終わった。ソラとマリアを応援してあげたいのになかなか上手くいかない。

そして私は自室に戻り昨日と同じようにベッドへダイブした。うん、今日もへとへとだ。

でもウェイトレス業務には慣れてきて、お店にお客さんも増えてきた。

あとは早く有力な情報が手に入ってくれればいいのだが……本当にここに男爵家の令嬢がいるのなら早く助けてあげないといけない。

それに破滅回避のためにもお邪魔虫を卒業してソラとマリアの仲を応援したい。しなければいけないこと、考えなければいけないことはいっぱいだ。

でももう疲れて頭が働かない……また明日、考えよう。

いつもより硬めの枕《まくら》に突っ伏して私は意識を失った。

★★★★★

私、マリア・キャンベルは今回またカタリナ様と共に任務に赴くこととなった。

魔法学園で私を助けてくれたカタリナ様は、共に就職した魔法省でも私をたくさん助けてくれている。私はいつも助けられてばかりだ。

私もカタリナ様のことを助けたい、役に立ちたい――――。

港街オセアンに到着して二日目、レストランの昼の部が終わったので、私は厨房から出てフロアへと向かった。

　フロアにはカタリナ様の姿はなかった。

「お疲れ様、お菓子好評だったわよ」

　レジーナさんがカウンターを出て声をかけてくれたので、

「ありがとうございます」

　そう返していると、入口の扉からカタリナ様が戻ってきた。どうやら外で看板を直してきてくれたようだ。

「お疲れ様。マリアのお菓子が美味しいからたくさんお客さんが来て、お店が繁盛したよ」

　カタリナ様は笑顔でそんな風に言ってくれたけど、私はそんな風に思えなくて首を振った。

「ありがとうございます。でも繁盛したのはカタリナさんのお陰です」

「えっ、なんで私？」

「カタリナさんがお菓子の宣伝をしてくださったから繁盛したんです」

「え、いや、でも初めに少し宣伝しただけで、お客さんが入ってくれたのはお菓子が美味しかったからだよ」

　カタリナ様はこんな風に言ってくれるが、私は本当にただお菓子を作っただけなのだ。

　いくらお菓子を上手く作ったところで食べてくれる人がいなければ意味はないのだ。それは子どもの時からわかっていることだ。

　光の魔力を持った子という特別扱いの末に孤立していた私の作ったお菓子は、ずっと誰《だれ》にも食べてもらえなかった。

そんな私が作ったお菓子が、人に食べてもらえるようになったのもカタリナ様のお陰だった。

今日もお菓子を出すことになったので作ったけれど、どう周知していけばいいのかと悩んでいた私を余所に、カタリナ様は颯爽《さっそう》とレジーナさんに許可を取り、お菓子を小さく切り分けた皿を手に外へと繰り出していった。そして、

「『港のレストラン』で今日から出すお菓子です。すっごく美味しいから食べてみてください」

と手に持っていた小分けのお菓子を道行く人々に勧め始めたのだ。

もの珍しいパフォーマンスに人々が足を止め、何人かがお菓子を手に取ってくれた。そして興味を持ち店に入ってくれたのだ。そこから人が入り始めたのだ。だから、

「いいえ、あの試食というのもすごいアイディアでした。あれがなかったら女の子たちも入ってくれませんでした。やはり繁盛したのはカタリナさんのお陰です」

そう言ったのだが、

「いや、でも――」

「はい。二人ともその意味のない譲り合いはいいから、もう休憩しなさいな。夕刻前にはもう夜の準備をしないとだから、休めるうちに休んでおきなさい。今日はきっと昨日より忙しくなるわよ」

レジーナさんがそう言って私たちをフロアから追い出した。

追い出された私たちは顔を見合わせた。

「休憩って、どうしよう。部屋で休めばいいのかしら」

そう言ったカタリナ様に、私はおずおずと声をかけた。

「あの、私はまだ町をよく見てないので、少し町を見てみようと思うんですけど、カタリナさんもよかったらどうですか？」

自分からそんな風に声をかけるのはなんだか図々しいかなと思ったけど、

「うん、行く！」

カタリナ様は笑顔でそう返してくれた。

レジーナさんに二人で外出する旨を伝えると、

「基本的にはこのあたりの区域は治安がいいけれど、日が傾く前には必ず戻ってくるのよ。あと人通りの少ない路地裏なんかには近づかないこと」

と言いわれて散策はこの区域で行うということとなった。

風に潮の香りが漂っている港の町はとても賑わっていた。ソルシエ以外の国の人も多くて、少しだけ異国に来たような不思議な気持ちになった。

そして王都では見かけないものが、たくさん売っていた。

「ねぇ、あれ美味しそう。あ、あれも食べてみたい。あ〜、でもあっちも捨てがたい」

カタリナ様が目を輝かせて言った。その様子がなんだか可愛らしくて私は顔が綻《ほころ》んでしまう。

「すぐに帰る訳ではないですし、また順番に食べていけばよいのではないですか」

そう言うと、

「そうね。そうするわ。じゃあ、今日はとりあえず――」

カタリナ様は真剣な顔で屋台を吟味《ぎんみ》し始めた。

真剣に屋台を見聞したカタリナ様だったが、結局、珍しいものが多すぎてなかなか絞り切ることができなかった。

なので私が、

「私も色々と食べたいので半分にしていくつか食べませんか？」

そう提案したところ、

「いいの!?　ありがとう。マリア」

とそれはそれは喜んでもらえたので嬉しかった。

そして私たちはいくつかの食べ物を屋台で購入して、近くのベンチに並んで座って、買ってきたものを半分に分け合って食べた。

「はい。これ、マリアの分」

カタリナ様がそう言って私の分を取り分けてくれた。貴族のご令嬢なのに当たり前にこんな風にしてくれるカタリナ様を私は本当にすごいと思う。

「ありがとうございます」

そうお礼を言って私が受け取ると、カタリナ様は早速、パンケーキにフォークを刺した。

「いただきま～す」

そう言ってパンケーキを口にしたカタリナ様は、

「う～ん。美味しい」

とそれは幸せそうに顔を綻ばせた。続いて私もパンケーキを口にした。フワフワのパンの中にはフルーツがたっぷり挟まっていた。

「本当ですね。とくにこのフルーツの甘酸っぱさ美味しいです」

「見たことないフルーツだよね」

カタリナ様の言う通りカラフルなフルーツは王都では今まで目にしたことがないものだった。

「そうですね。私も初めて食べました。このあたりの特産品なのかもしれないですね」

しかし、こうした特産品を店で使って出せば、より話題を呼ぶかもしれない。そんな考えが過《よぎ》り、

「このようなフルーツを、店で出すお菓子に入れてみたいですね」

思わず口にすると、

「うわぁ、それ美味しそう。さっきフルーツを売っているお店も目にしたから、帰りにそこで買っていこう」

カタリナ様が非常に乗り気になってくれたので、私も実行してみることにした。

何よりこんな風に言ってくれたカタリナ様に食べてもらいたいと思った。

そうして二人で屋台の食べ物を食べた後には、港のお店を覗いてみることになった。こんな風に誰かと二人でお店を覗いて歩いた経験のなかった私はとても嬉しくてワクワクした。

そしてあるお土産屋さんを覗いていた時に、

「あ、そうだ！　マリア、海に行ってみようよ」

カタリナ様がそんな提案をしてくれた。

話に聞いたことがあっても、一度も行ったことがなかった海。私はこの町に着いた時からぜひ海に行ってみたいと思っていたので、すぐに、

「海、行きたいです」

と返した。

「よし、行こう！」

カタリナ様はそう言うと、私の手を引いてズンズンと進み始めた。

こんな風に誰かに手を引かれて歩くのは、ほんの幼い頃以来でなんだかどきどきして、照れくさいけど嬉しい気持ちになった。

港までの道中で共に任務に来たソラさんを見かけたけど、声をかけるとカタリナ様とのこの時が終わってしまう気がして、タイミングが合わなかったと言い訳して、気付かないふりをしてしまった。

そして通りを抜けて港に出ると、そこには真っ青な景色《けしき》が広がっていた。

晴れた空と同じ色をした先が見えない大きな水たまりがどこまでも広がっていた。

これが海――――。

大きいとは聞いていたけどこれほどとは、それにこんなに美しいなんて――――。

私は感動してしばらく言葉を失ってしまった。

「すごく綺麗よね」

そうカタリナ様に声をかけられ、

「はい」

と深く深く頷いた。

それは本当に本当に綺麗で、私はきっと初めて見たこの景色をずっと忘れない気がした。

「なんだか同じ国の中なのにここは王都の方とは全然違うよね。ここから他国に行ったらもっと違うのかな」

海とそこに並ぶ船を見つめながらカタリナ様がそう言った。

「そうですね。きっともっと違う世界が広がっているんでしょうね」

先が見えないどこまでも続く海の先にある異国、そこにはきっと見たことない世界が広がっているのだろう。

ふと隣のカタリナ様に目をやると、どこかとても遠くを見つめているように見えた。

なんだかその横顔にカタリナ様がそのどこか遠くへ行ってしまうような恐怖を覚え、私は慌ててカタリナ様の腕を掴んだ。

突然の行動にカタリナ様が目を丸くして私を見た。

「どうしたの?」

「あの、なんだかカタリナ様が遠くへ行ってしまいそうな気がして……カタリナ様は異国へ行きたいのですか?」

私たちを置いて一人で行ってしまうのですか？　とまでは続けられなかったが、

「行ってみたいとは思うけど、一人で行ってもつまらないだろうな。行くなら皆と一緒に行きたいわね」

カタリナ様の答えは私の不安を払拭《ふっしょく》してくれた。そして、

「異国に行く時はマリアも一緒に来てくれる？」

こちらに手を伸ばし、そう誘ってくれた。

ああ、カタリナ様は私を置いてどこかへ行ったりはしない。ならば私は、

「はい。どこへでもご一緒します」

どんなところでもどこまでも、カタリナ様が許してくださるならば、世界の果てまででも一緒に――。

なんだか胸が熱くなってきた。

『一緒に』と当たり前に誘ってもらえること。一人ぼっちで過ごした日々には想像できなかった暖かい世界。

「よし、そろそろ帰りましょう。ふふふ、こんな風に友達と買い食いしたりショッピングしたりして遊んだの初めてで、すごく楽しかった」

私もです。ずっと憧《あこが》れていたけど叶うことはなかったんです。自分には無理なんだって諦《あきら》めていたんです。

「マリア、今日は付き合ってくれてありがとう……ってマリアどうしたの！」

カタリナ様の焦った声に、ふと我に返り頬を触ると濡《ぬ》れていた。どうやら無意識に涙が流れてしまっていたようだ。

「だ、大丈夫？　どこか痛いの？　そこに座って休む？」

とても焦った様子のカタリナ様。

こんなところで突然、泣き出されたらそれは焦って困ってしまうだろう。私は慌てて、

「あ、あの違うのです。これはその感極まってしまって、いえ、その大丈夫なので」

そう言って説明したが、

「かんきがまわる？」

カタリナ様は、はてなを浮かべたままだった。

そうですよね。突然、こんな風に泣き出されて感極まったとか言われても訳がわからないですよね。私はひどく照れくさくなって、

「その、カタリナ様が大好きということです」

と気持ちだけを伝えると、優しいカタリナ様は、

「あ、ありがとう」

と、微笑んでくれた。

ああ、私はこの人が本当に大好きだ。

そう思うとまた胸が熱くなったが、涙が流れないようにそこはぐっと我慢した。だって、また困らせてしまうといけないから。

ねぇ、カタリナ様、今日は私の人生で特別な日になりました。憧れていた海を大好きな人と初めて見ることができたんですから。そして、いつのまにか「様」呼びに戻ってしまっていたことをカタリナ様に注意されながら歩き、帰り道のお店でお菓子用に特産のフルーツを買って私たちは店に戻った。

店に戻るとレジーナさんが迎えてくれた。

港に行ってきた話をするとソラさんはいたのかという話になった。

気付かないふりをした手前なんだか後ろめたかったが、嘘をつくのも躊躇《ためら》われ少し見かけたと答えた。

「あれ、声をかけなかったの？」

と不思議そうなカタリナ様に、

「あの、声をかけるタイミングが合わなかったので」

そう考えていた言い訳を答えた私は、内心で恥ずかしい気持ちになった。実はカタリナ様との二人だけの時間が楽しくて声をかけなかっただけなのだから。

やがて夜の部の準備で戻ってきたソラさんが、今日の報告をしてくれた。

「港での積み荷の検査はかなり厳重に行われているみたいだが、出航するすべての船を隅々まで確認するのはさすがに難しいから、その辺に抜け道があるらしいという話を聞いた」

つまり人身売買が行われている可能性があるということだった。

「でもこんな明るくて賑わっている町で本当に人身売買が行われているのかしら？」

カタリナ様はそう口にしたが、私もそれは感じていた。

今日、町に出てみたけれど活気にあふれる明るい町だと思った。このような町で人身売買が行われているというのはなんだか現実味がない気がしたのだ。

だが、レジーナさんが、

「そうね、この町は明るく賑わっているわ。でもここは港街で他国の人々が多く集っているから、そうした人たちが起こすトラブルが多いの。ちなみにこの店の立っている区域はこの町に暮らす人たちが多いから、そういったトラブルは少ないのよ」

そう教えてくれた。

私は、いままで外国の人と、ほとんど接したことがなかったが前回の任務で、お城で行われた近隣会合に潜入した際に初めて関わった。

その中には平民を物や道具としか思っていないような貴族が存在していた。彼らのことを思い出すと、まだ胸がざわりとした。

もしそのような人がこの港にいたならば、本当に人身売買が行われているのかもしれない。

そしてもしそんなところに攫《さら》われた女の子がいたら……私はぐっと拳《こぶし》を握りしめた。

頑張ろう、早く情報を掴んで本当にこの町にいるならば見つけてあげなくては。

報告を聞き終わり、一度、部屋に戻って支度をしてくると言うソラさんが去り際に、

「そう言えば港の方へ来ていたのか？」

と聞いてきた。

どうやらソラさんのほうも気付いていたらしい。気付かれていたと気まずい気持ちになったが、

「はい。休憩時間にカタリナさんと少し町の散策をして海を見に行きました」

そう答えるとソラさんは、

「そうか、よかったな。ただこのあたりは安全みたいだからいいけど、あんまり変なとこには行くなよ」

こちらを気にかけそう言ってくれた。ソラさんもとても良い人だ。

私の我儘《わがまま》でそんなソラさんに気付かないふりをしてしまって申し訳なかった。

「ふぅ、ソラ、怒ってないみたいね」

ソラさんが部屋に戻ると、カタリナ様がそんな風に呟いた。

「え!?」

私が気付かないふりをしてしまったからですか！　と焦ったが、

「あ〜、私たち二人だけで町を散策したから怒っちゃったかなと思って」

どうやら違ったみたいです。でもその通りだなと思って、

「ああ、そうですね。ソラさんも一緒に行きたかったかもしれませんね。次はソラさんも誘って三人で行きましょう」

と提案した。

「え、三人で!?」

「はい。三人で行きましょう」

ソラさんもカタリナ様のことがとても好きなようなのできっと喜ぶはずだ。

今日は声をかけないで私がカタリナ様を独占してしまったので、次はぜひ誘ってあげなければ、不公平になってしまう。

私はそう決めて夜の部の準備に取りかかった。

やがて時間になり、夜の部が始まった。

カタリナ様は昨日以上に軽やかにフロアで立ち回り、お客さんにも大人気だった。さすがカタリナ様だ。

今回の夜の部ではレジーナさんが、異国人が怪しい動きをしているという情報を聞き出してくれて、それをより詳しく調べてくれることとなった。

レジーナさんの報告が終わり自室に戻る途中でソラさんを、

「次は三人で一緒に散策に行きましょう」

と誘うと、ソラさんは、

「そうだな」

と少し嬉しそうに答えてくれた。

やっぱりソラさんもカタリナ様と一緒に町を回りたいのだろう。

自室に戻り、楽しかった今日に少しだけ思いを馳せ、そして明日からの仕事に向き合った。

今日、私がこんなに幸せを感じた空の下でつらい思いをしている女の子がいるかもしれないのだ。

あの時、他国の貴族に連れ込まれた私のように怖い思いをしているかもしれないのだ。もし本当にそうなら早く助けてあげなくてはいけない。

そのためにも私にできることを精一杯頑張ろう。そう誓い眠りについた。

★★★★★

本日は、昨日のように寝坊することなく起きることができた。と言っても早めにマリアに起こしてもらったというだけなのだが。

昨日と同様にソラは港の荷物積みに出かけ、マリアは昼の部で大好評のお菓子の準備に忙しそうだった。

私はと言えば、昨日はダラダラと過ごしてしまったが、今日は積極的にお手伝いを申し出て、レジーナより足りない食材の買い出しを申し付かった。

町の様子もわかってきたので、同じ区域内にあるという食材の店へと一人で向かった。

レジーナが『何かあったらすぐ警備兵に声をかけるのよ』と心配してくれたが、目的の店はすぐ近くで歩いて十数分くらいであった。なので私でも迷子にならずにスムーズに行くことができた。

しかも道すがら、お店に来てくれた何人かのお客さんに会って『おお、『港のレストラン』の新入りさん、お使いかい』などと声をかけてもらったりしたので、より安心感もあった。

そして目的のお店で頼まれた食材を買い、さぁ、帰ろうと歩き出したところで、声をかけられた。

「おお、『港のレストラン』の給仕の嬢ちゃんじゃないかい」

顔を上げると、手前のお店のおじさんがニコニコとこちらを見ていた。

「昨日は菓子をありがとな」

そう告げられて、彼が何者だかわかった。

娘さんがお菓子を食べたがっていたというのでお菓子を特別にお土産にして持たせてあげたお客さんだった。

「いえいえ。娘さんは喜ばれましたか？」

「おお、大喜びで美味《うま》い美味いって食べてたよ。お、そうだ。これ持ってきな。昨日の礼だよ」

おじさんはそう言うと店のリンゴを一つひょいっと投げてくれた。

「おお、ありがとうございます」

リンゴを受け取り私はおじさんにお礼を言って『またいらしてください』と声をかけて今度こそ帰路を歩き出した。

もらったリンゴはピカピカでいい匂《にお》いがしてとても美味しそうだった。

帰ったらマリアと分けて食べよう。お菓子用のクリームがあったからそれをつけて食べても美味しいかも、確かハチミツもあったからそれをかけてみても美味しいかも。

どうやって食べようかな。そんな風にリンゴを見ながら考えていると、足元への注意が散漫になっており、石につまずいてしまった。

しまった！

なんとか転ばないように踏ん張り、抱えていた食材も守ったが……手に持っていたリンゴだけは守り切れず落としてしまった。

形よく真ん丸だったリンゴはコロコロと転がり路地の中へと入っていってしまった。

あ、せっかくもらったリンゴが！　私は慌ててリンゴの後を追った。

やや薄暗い路地をしばらく進んだところに目的のリンゴを見つけた。ただリンゴの隣に何か小さいものも並んでいた。

私がリンゴに近づくと小さいものはピョンと跳ねて飛びのいた。よくよく見るとそれは子猫だった。

汚れて痩せたその小さな子猫はふぅーと声をあげて私を威嚇《いかく》しているようだった。ひどく汚れているし首輪もしていないので野良猫だろうか。

子猫は私を威嚇しながらもリンゴを気にしているようだった。

だいぶ痩せているし、お腹《なか》が空《す》いているのかしら。

私はリンゴを手に取り、

「るーるーるー」

と前世で見たドラマの知識を使い、しゃがみ込んでそう子猫に呼びかけてみたが、子猫のふーっという威嚇はむしろ大きくなり距離も取られてしまった。

う～ん。猫には犬ほど嫌われてはいないはずだけど、野良だと警戒心が強いのかしら。

私は再びリンゴに目をやった。リンゴを気にしていたけど齧《かじ》った痕《あと》はない。というか猫にリンゴはいいんだっけ？　ダメな気がする。

でも何かあげられるものは――そうだ。さっきソーセージをおまけでもらったっけ、これならいけるかしら？

私は持っていた袋からソーセージを出して、少しちぎると子猫に投げてみた。

猫はビクッとして飛びのいて警戒したが、しばらくじっと様子を見ているとおそるおそるソーセージに近づくとモグモグとすごい勢いで食べ始めた。

やっぱりお腹が空いていたみたいだ。

私はソーセージをちぎって子猫の方へと放った。

しばらくそうして子猫にソーセージを与えていると、私が入ってきたのと反対側の方から、

「おい、チビどこだ」

と声がして、男の人が歩いてきた。その手に切ったハムを持っていた。

「お、チビここにいたのか。ってあんた誰だ」

やってきたのは私とそう年の変わらないくらいの青年だった。

黒茶色の髪に瞳《ひとみ》、浅黒い肌はこのあたりでは見ない見た目だ。町の人ではないのかもしれない。

彼は子猫を見つけるとその顔を和《やわ》らげたが、少し先でしゃがみ込んでいた私を見つけると怪訝な顔をした。

「偶然この子を見つけてソーセージをあげてたんです。この子はあなたの猫ですか？」

野良だと思っていたが、飼い主がいたのかと思ってそう聞くと、

青年はプイと顔をそらして、

「いや、野良だろう。俺もここでたまたま見つけて、暇な時に餌《えさ》をやってるだけだ」

と返してきた。

どうやら彼も手に持っているハムをあげに来ただけだったようだ。

そうなるとやはりこの子猫は野良猫なのだろう。

「そうですか。でもこの子、こんなに小さいのに親はいないんですかね？」

子猫は私の両手にすっぽり収まってしまうんではないかと思うほどに小さい、まだ親が面倒を見てあげなければいけない頃に見える。

「俺が見つけた時にはもう一匹だった。親が死んだか、捨てられたかしたんだろう」

青年が淡々と言った。

「そうなんですかね。でもこんなに小さいのに一人で生きていけるのかしら」

痩せた子猫の姿に今後が心配になった。私が毎日ここに餌をやりに来れる訳ではないし、この青年もたまに来るだけだと言っていた。

そうするとこの小ささだ、満足に餌をとることもできず死んでしまうかもしれない。心配だ。

しかし青年は、

「一人で生きていけなかったら死ぬだけだ。仕方ないことだろう」

またそんな風に淡々と言った。

その言い方があまりに突き放していて冷たく感じてムッとして思わず抗議しようと彼の方を見ると――あれ？

言っていることは冷たいのに、その顔はひどく子猫を心配しているように見えた。

え～と、この人ってアランと同じツンデレ属性なのかしら。そう気付くと怒りはすっと引いていった。

「あの～、お兄さんは、うちで猫は飼えないんですか？」

「……俺は元々、この町の人間じゃないから飼えない。あんたは飼えないのか？」

やはりこの町の人ではないんだ。

「私も一時的にここに滞在しているだけなんで飼えないんですよね」

まぁ、クラエス家に連れて帰れば庭は広いし飼えなくはないかもしれないが、今は任務中だし、いつ戻れるかわからないからな。厳しいな。

「……そうか」

ああ、お兄さんが落ち込んでしまった。

私より前から餌をあげていたくらいだから、相当心配しているんだろうな。

あ、そうだ！

「あの、私、レストランで接客係をしているのですが、お客さんに猫が飼える人がいないか聞いてみますよ」

「……そうか。まぁ、勝手にすればいい」

そう言いつつ顔は嬉しそうだ。

「お世話になっているのが飲食店なんで今日、すぐには連れて帰れないんですけど大丈夫ですかね？」

「ああ、こいつはいつもここで大人《おとな》しくしているからすぐに連れ帰らなくても大丈夫だろう」

「よかった。じゃあ、お店で里親を探しつつ、私も様子を見に来ますね」

「……勝手にしろ。俺も暇な時には様子を見に来てる」

最後にぼそりと付け加えられた言葉に、少しだけ彼の本音が聞けた気がした。

「では、お兄さん。あ、そうだ。私、この通りの先の『港のレストラン』で働いているんでよかったらいらしてください」

青年に別れを告げ、ついでにそう店の宣伝をすると、

「そのお兄さんってのやめろ、アルノーだ」

青年はそう言い捨てて、来た道を戻っていった。

「はい。アルノーさん。私はカタリナです。また今度」

私は去りゆく背中にそう声をかけた。

青年、アルノーはさりげなく子猫のところに持っていたハムを置いていった。

なんか冷たく装っているけど優しい人みたい。私は子猫に、

「早く飼い主さんを探してあげるから、もう少し頑張るんだよ」

そう声をかけ、アルノーとは反対の来た道を戻り、今度こそ『港のレストラン』への帰路へとついた。

戻ってレジーナに子猫の話をして里親を探してもいいかと確認すると、

「そうね。うちでは飼ってあげられないけど、里親を探してあげるくらいは問題ないわよ」

と言ってくれたので、さっそく次の営業時間からお客さんに聞いてみようと思った。

次は昼の部だ。おそらく昨日の感じでいけばお菓子を求めた女の子たちが、メインになると思われる。

新作のお菓子もたくさんあるからどんどんと勧めていこう！

そうして始まった昼の部は予想通りに女の子たちであふれていた。席もほぼ満席ですごい繁盛している。

こうなることを見越して呼ばれた古くからいる従業員の老夫婦は「こんなに席が埋まる日がくるなんて」と目に涙を浮かべて感動していた。

レジーナも「これは黒字になる」とニヤニヤしていた。

そしてそんな女の子たちで賑わう店内で、

「う〜ん。本当に美味しい。特にこのフルーツたっぷりのお菓子がたまらないです」

そう言って頬を緩ませ、ひと際美味しそうにお菓子を頬張っているのは、今日、リンゴをくれたおじさんの娘さんだ。

昨日は店に来れずふてくされていたら、父親がお土産だとお菓子を持ってきてくれ、それを食べたらもうすごく美味しくていてもたってもいられなくて本日、来店してくれたという。

とにかくお菓子が大好きだという娘さんは、目をキラキラさせてメニューを見て、

「本当は全部食べたいのですが、さすがにお小遣いがなくなるので」

と迷いに迷って三品を頼み、そしてそれをじっくり堪能《たんのう》していた。

ものすごく幸せそうに食べている。あの食べっぷり、なんだか仲良くなれそうだ。

「うう、食べきってしまった……またお小遣いを貯《た》めてすぐ来ます」

そう言ってまだ食べている女の子たちを羨《うらや》ましそうに見つめる彼女に、私はこっそり、

「これ試食用の小さめサイズだけどよかったらどうぞ」

そう言って試食用のお菓子を包んで少し分けてあげた。すると、娘さんは、

「あ、ありがとうございます〜〜〜」

私の手を強く握りしめ満面の笑顔になった。

「お友達にもお店を宣伝してね」

そう付け加えると、彼女はぶんぶんと首を縦に振った。

「あ、そうだ。あのね子猫を飼ってくれそうな知り合いはいない？」

「子猫ですか？」

「うん。まだ小さいんだけど親がいなくなっちゃったみたいで里親を探してるの」

営業が始まって何人かにはこんな風に聞いてみたけど、このあたりは商売をしている家が多くて動物は飼えないという人ばかりだった。

この娘さんのところも今日お父さんが果物《くだもの》を売っていたので、おそらく果物屋さんか何かなのだろう。

そうすると家では猫は飼えなそうだが、誰か飼えそうな知り合いがいればいいなと思ってダメもとで聞いてみたのだが、

「う〜ん。絶対に大丈夫とは言えないですけど、心当たりがあるので聞いてみます」

「本当!?」

なんと本日、初めてのいい答えが返ってきた。

「聞いてみて、また結果を報告に来ますね」

娘さんはお父さんに似たにこやかな笑みを浮かべてそう言ってくれた。

「ありがとう」

私も笑顔で娘さんを見送った。

う〜ん。いい返事が聞けるといいな。

本日も若い女の子で非常に繁盛した昼の部が終了した。

夜の部にまた新しい料理を出すために準備をするという頑張り屋のマリアに、負けていられないと私も再び買い出しが必要だというので名乗り出た。

昼が予想よりも繁盛したので足りなくなってしまったという材料を紙にメモして店を出た。

買い出しの場所は昼間と同じなので迷うことはなくズンズン進む。

「おや、あんた昼間も来たよね」

という店のおじさんに、

「はい。また足りなくなってしまって。今回は少し多めにください」

と昼よりたくさん買った。

昼にリンゴをくれたおじさんの店に目をやるとおじさんは休憩中なのか、年配の女性が店に立っていた。おじさんの奥さんかもしれない。

そして荷物を抱えてしばらく進み、私は昼に来た路地の前に立った。

あれから数時間経《た》ったが、本当に子猫は同じ場所にいるのだろうか。

心配になって路地を進んだ。すると、

「あっ！」

そこにはアルノーが言った通りに子猫と、そしてアルノーもいた。

『暇な時にたまに来るだけ』と言っていた彼だったが、数時間しか経っていないのにまた子猫の元へ来て、今度はお肉と思われるものをちぎってやっていた。

先ほどは気付かなかったが子猫の方もアルノーにはだいぶ慣れているようで、私にしたように警戒心むき出しではなく、信頼した様子でその手から食べ物を食べていた。

　アルノーは私の姿を見つけるとなんともバツの悪そうな顔をした。

　そんな彼の元へ歩み寄り、

「だいぶ懐いてるんですね。結構、様子を見に来てるんですか？」

　そう問いかけると、

「たまにだ、たまに」

　とぶっきらぼうに返してきた。

「でも、さっきも来てたし」

「偶然、こっちに用事があったからついでに少し来てみただけだ」

　頑《かたく》ななアルノーにそれ以上、突っ込むのはやめて、私は子猫の飼い主が見つかるかもしれないという話をした。

「それで今、聞いてみてくれているので結果待ちです」

「……そうか」

　アルノーの返事はそれだけだったが、その顔は目に見えて嬉しそうだった。本当にかなり素直になれない性格のようだ。

「そうだ。それでこの子のためにやっておきたいことがあるんですけど、明日の午前中、アルノーさんも手伝ってくれませんか」

　もらわれることが決まったとしても、決まらないとしてもやっておきたいと思ったが、子猫が私を警戒しているので難しいかもと諦めかけていた。しかしアルノーにこれだけ懐いていればいけそうだ。

それに実は非常に子猫を気にかけているアルノーもきっと協力してくれるだろう。

「……なんだ」

「それは――――」


無事にアルノーと明日の約束を取り付けて私はレストランに戻った。

厨房で準備をしているマリアの元にソラがいた。どうやらソラも戻ってきたようだ。

二人で楽しそうに話している。

「お～い」

そう言って、入っていこうとしてはっと気が付いた。

ここに入っていくのはまさにお邪魔虫になってしまう！　危ない危ない。それは破滅フラグだわ。二人を応援する。邪魔はしない。私はそっと厨房の方から離れてフロアへと移動した。

いつものようにカウンターの中にレジーナの姿があり、何やらノートのようなものをめくっていた。

「戻りました。これ追加の食材です」

そう声をかけると、レジーナは顔を上げた。

「ありがとう」

「あの、何を見ているんですか？」

少し気になったので聞いてみると、

「ああ、これはマリアが売り上げなんかを綺麗にまとめてくれたのよ」

と意外な答えが返ってきた。

「え、マリアが！」

なんでマリアがそんなことを！　と詳しく聞けば、帳簿つけが苦手なレジーナが「めんどくさいわからないわ」って文句タラタラしていたら、マリアが「手伝いましょうか？」と言ってくれてそのまま見てもらったら、そのあまりの手際の良さになんだかんだで、結局マリアにやってもらったとのことだった。

大丈夫かこの店長！　と思わないでもなかったが、それにしてもマリアの万能ぶりがすごい。

「マリアってすごいですね」

しみじみとそう呟くと、レジーナも、

「本当よね。料理もできるのに、帳簿までつけられるのよ。ついでに無駄な出費の削減も頼んだら、いくつかよさそうな案も出してくれたのよ」

いや、店長あなたバイトにどんだけやらせるんだと思いつつ、それができてしまうマリアにも驚きだ。

すごい子だとは思ってはいたけど、本当にハイスペックだ。

だけどマリアは頼まれると頑張りすぎてしまう子なので、

「任務が終わってもこの店に残ってくれないかしら」

なんて言っているレジーナに、「マリアは頑張りすぎちゃうのであんまりたくさん頼みすぎないでくださいね」と言っておく。するとレジーナも、一応、

「そうね。そんな感じするわね。気を付けるわ」

と返してはくれたが、「う～ん、光の魔力保持者じゃなきゃな」なんて言っていて、いまいち信用ならない気もした。

それから再び厨房を覗くとソラが自室に戻ったようだったので、もう邪魔にはならないなとマリアの元へ行くと新しい料理を試食させてくれた。とても美味しかった。

レジーナに帳簿つけまでさせられた話を聞いていたので、

「無理してない？」

そう聞いてみたが、

「いえいえ。むしろ、あのぐちゃぐちゃな帳簿を整理して、無駄だらけの費用を削減する案を考えられてすっきりしてます。むしろ楽しいくらいです」

と目をキラキラさせて話してくれた。

そういえば営業終わりのお金の計算もなんだか楽しそうにしていたな。

マリアって意外とこういう経営というかお金の管理的なことが好きなのかも。友人の新たな

一面を見つけたところで、三日目の夜の部が始まる。

レジーナの予想通り、マリアの料理のお陰で段々と客足が増え、初日に比べるとかなり席も埋まるようになった。

そして私の方も段々と慣れてきたので、大きな失敗をすることなくウェイトレスをこなしている。

レジーナも言っていたが、ここは近所に住む人が仕事終わりにやってくることが多い。

港で商売をしている人、荷物積みをしている人などが仕事終わりにここでご飯を食べ、お酒を飲んでから家に帰るのだそうだ。

そのため贅沢《ぜいたく》なものより、家庭的な料理の方が好まれるという。だからマリアの料理は非常に好評なのだ。

「おう、嬢ちゃん。今日はこの日替わりで頼むよ」

営業も終盤になった頃、そう言って声をかけてきたのは、あの果物屋のおじさんだった。

私はオーダーを取りつつ、朝のリンゴのお礼を言った。

「ははは、あのくらいで丁寧だな。ああ、そういえば今日は娘も来たみたいで、また世話になって悪いね」

おじさんはそう言って笑った。

「いえいえ、本当に美味しそうに食べてもらって光栄です。里親探しにも協力してもらってこちらこそありがとうございます」

「里親って、ああ、猫な。そうだ。娘から言付けを頼まれてたんだわ。猫の引き取り手が見つかったんで、明日の夕刻くらいにここに引き取りに来るって」

「本当ですか！　ありがとうございます」

やった！　昼に言っていた心当たりが大丈夫だったんだ。こんなにすぐに見つかるなんて嬉しい。

私はおじさんに娘さんへお礼の言付けと、今度はお菓子の試作品を（レジーナとマリアの許可の元）お土産に包んだ。

そして本日の営業も無事に終了した。

片付けがだいたい終わりお手伝いの従業員である老夫婦を送りだすと、レジーナが本日の報告をしてくれた。

「お客がだいぶ増えたから色々と話が集まったわ。その中の一つに若い娘が攫われて外国に売られるっていう噂があったの」

「それって、人身売買の！」

ついに有力な情報が手に入ったのかと私は思わず身を乗り出したが、レジーナは、

「そうである気もするけど、まだただの噂で、夜遊びする娘を窘《たしな》めるのに使う作り話的な感じもあるから、そこはもう少し調べてみるわね」

そう言って肩を竦《すく》めた。

「……そうですか」

やはりそう簡単には見つからないものだ。

「それから港の方の怪しげな異国人はまだ調査中よ。怪しげではあるけど、実際に犯罪行為のようなことをしているのを目撃した人はいないの」

つまりはまだ何もわからないということか、ここに来て既に三日目となったが、結局、何もわかっていない状態だ。もどかしい。

「う〜ん。こうも情報が集まらないとなると、この国のそれなりに地位のある者が関わっている可能性も高いわね」

レジーナが眉《まゆ》をひそめてそう言った。

どういう意味かわからなくて聞くと、

「普通、他国の人間だけで犯罪を行おうとすると国の事情に詳しくないからすぐにボロが出るのよ。だから噂はすぐに広がる。それに比べてこの国に協力者がいればその辺を上手く隠すからなかなか見つからない。それが地位を持つ人物であればあるほど隠すのが上手くなる。私はこう見えてかなり情報通なのよ。店の中だけでなくて、外にも情報網を持っているの。正直、あなたたちの捜し物もすぐに見つけてあげられると思ったんだけど……」

レジーナはそこで一度、言葉を切って、

「あなたたちの捜し物に関わっているのは、かなり厄介な相手かもしれないわ」

と言った。

なかなか情報が集まらないのにはそんな理由があったとは……。

しかし、この国の協力者それも地位がある人物――もしかして貴族なのだろうか。あの会合で密会していた貴族は他国の人間だったはずだ。こちら側の協力者も貴族なのだろうか。気がかりだが私がここでいくら考えてもわかるはずはない。

次に、港でのことをソラが話したが、そちらの方にも有力な情報はなかったとのことでお開きとなった。

なんとなく重苦しい雰囲気になったところで、レジーナが、

「そういえば今日、ラーナが来てあなたたちの様子を聞いてきたから、元気に頑張ってくれてるって伝えておいたわよ」

とさらりと言ってきた。

「え、ラーナ様、来たんですか？　今、どこにいるんですか？」

そう言えば一緒に来たのに、初日に『別で行動する』とレストランを去ってからまったく音《おと》沙汰《さた》がなかったが何をしているのだろう。

「う～ん。なんか色々としているみたい。よく聞かなかったけど」

レジーナの答えは適当だった。さすがだ。

私たちはがっくりとなりつつ、まぁ元気ならいいかという結論を出し、各自の部屋へ戻った。

部屋に戻る前、本日から一人でお使いに行っている私にソラとマリアから「くれぐれも気を付けるように」と言われた。

特にソラからはさらに「変なところに行くな。知らない奴《やつ》についていくな」などの小言もも

らった。だいぶ心配されている。

私は「大丈夫よ」としっかり答えた。

変なところなんて行かないし、知らない人にもついてなんていかない。いくらなんでも子どもではないのだから。

ここに来る前に見送りに来てくれたジオルドたちといい、私の周りには心配性な人が多いようだ。

明日は早めにお使いに行ってから、アルノーと子猫のところへ行く予定だ。

飼い主が見つかったって言ったらアルノーは喜ぶかしら。

あ、アルノーって知らない人になるのかしら？

う〜ん、でもそれなりに話したし、ツンデレだけど優しい人だってわかったから、もう知ってる人ってことで大丈夫よね。

よし、明日は早めに起きたいからもう寝よう。

そして、私は段々と馴染んできたベッドへ潜り込んだ。

翌日、計画通り早めにお使いを終えた私は物を店に運び入れると、すぐにあの路地を目指した。

路地にはちゃんと子猫がいて、すでにアルノーの姿もあった。

「すみません。遅くなりましたか？」

そう言うとアルノーは、

「いや、俺も今来たところだ」

とぶっきらぼうに答えたが、よく見ると手にしている子猫にやっているお肉はだいぶ小さくなっている。これは今、来たところではなさそうだ。

私に気を使ってくれたんだろう。やっぱりぶっきらぼうだけど優しい人だ。

「あの、この子の飼い主になってくれる人が見つかりました」

早くアルノーを安心させたくて伝えると、

「そうか」

アルノーは小さく微笑んだ。

「あ！」

会ってから笑ったのを初めて見たので驚いて思わず声をあげると、

「なんだ」

途端に不機嫌そうな顔に戻ってしまった。

この人、素直じゃなさすぎだ。

「いえいえ。では、あの早速お願いします」

私が気を取り直してそう頼むと、アルノーは、

「わかった」

そう言ってお肉で子猫を引き寄せ近づいてくると、その小さな身体《からだ》に手を伸ばしてそっと抱き上げた。

子猫は一瞬ビクッとしたが、アルノーに頭を撫《な》でられたりして、だいぶ慣れていたようで威嚇はしてこなかった。

これが私だったらたぶん引っかかれて逃げられていたに違いない。

「あちらで庭を貸してもらえるようにお願いしておいたので、そこまでお願いします」

そう言って私は子猫を抱いたアルノーを促した。

アルノーと子猫を引き連れ、私は路地の近くの民家にある小さな庭へやってきた。

実はここは果物屋のおじさんのお家《うち》だ。

ただおじさんや娘さんは今、仕事やお手伝いで出払っているので誰もいないのだが、庭を使っていいという許可は得たのだ。

「さぁ、ではやりましょう」

私はそう言って用意していたシャンプーと水を張ったバケツを並べ腕まくりした。

子猫が何かを察してビクッとなった。

「アルノーさんお願いします」

「ああ」

そう頷くとアルノーは子猫を、水を張ったバケツの中にゆっくり下ろした。

初めての経験に驚いた子猫はバタバタと暴れたが、アルノーが「大丈夫だ」と優しく撫でると少し大人しくなった。

こうして改めて見ても子猫はとてもアルノーに懐いている。

本日、私はアルノーの協力の元に子猫を洗ってあげるつもりなのだ。

初めて見た時から子猫がひどく汚れていたから、このままだと病気になるのではないかと心配だったのだ。

それに飼い主を探すにも少し綺麗にしておいた方が印象もいいかなと思い、洗ってあげたかったのだ。

果物屋の娘さんのお陰で早々に飼い主は見つかったが、せっかくなのでそこへもらわれていく前に綺麗にしてあげることにした。

「じゃあ、洗うよ」

私はシャンプーを手に取り子猫に触れようとしたが、子猫はフシャーと声をあげ威嚇してきた。やはり私には心を開いていない。

ソーセージは食べてくれたのに、少しせつない。

「アルノーさん、洗うのお願いできます？」

私は諦めて、洗う役をアルノーに託し助手に回ることにした。

「……わかった」

そう言ってアルノーは子猫に手を伸ばした。子猫はビクッとなったが威嚇はしなかった。

水自体は嫌がっているようだったが、それでもアルノーには身を任せていた。やはり彼には心を開いているようだ。

羨ましい。いや、でも私にもポチという心を開いてくれているペットがいるんだから大丈夫だ。ん、でもポチは闇《やみ》の使い魔だからペットではないのかしら。

私がそんなことを考えている横でアルノーは真剣な面持《おもも》ちで子猫にシャンプーを始めた。どこかおっかなびっくりなその様子はなんだか小さい子どもみたいで可愛らしかった。

「……これでいいか？」

「はい。すごく綺麗になりましたね。ありがとうございます」

アルノーのシャンプーは丁寧だった。子猫はすっかり綺麗になった。

「じゃあ、これタオルです。拭《ふ》いてあげてください」

そう言って私が渡したタオルで、アルノーは子猫を優しく拭いた。

そして子猫は本来の毛並みを取り戻した。

「わぁ、艶々《つやつや》だね。黒茶の毛並みだったんだ」

そうして子猫を見て、タオルで抱いているアルノーへ視線を上げて気が付いた。

「あ、この子の毛並み、アルノーさんの髪の毛と同じ色なんですね」

そう言うとアルノーは自分の毛をつまんでみると、子猫に目を移した。どうやら彼も今、気付いたようだ。

「そうだ。アルノーさんの都合が良ければ、今日の夕刻に子猫を『港のレストラン』で飼い主さんに引き渡す予定なんでこの子を連れてきてもらっていいですか？」

「……なんで俺が……」

「だって私にはまったく懐いてないので、連れていけるかどうかわからないじゃないですか。お願いします」

と頼むと、

「……わかった」

アルノーは仏頂面で頷いた。

彼はすごく子猫を気にしているようだったから、飼い主さんも見てもらったほうがいいよね。

子猫の毛と自分の髪の毛の色が一緒って教えてあげた時の顔——すごく嬉しそうだった。

そうして私は子猫をアルノーにお願いして、借りたものを片付けてレストランへ戻った。

もう少ししたら、昼の部が始まる。

そしてそれが終われば子猫の飼い主さんが来る。いい人だといいのだけど。

★★★★★

路地で見つけた子猫が気になり、餌をやりだしてしばらく経った。最近では俺の手からも食べるようになってきた。

気付けば時間が空けばすぐに食べ物を持ってこの路地へ通っている。

子猫は小さいが、他の場所に不用意に移動すれば命を落とすかもしれないことがわかっているのか、それとも俺が餌をやりに来るのを待っているのかずっと同じ場所にいた。

だから今日も同じように子猫用に切り分けたハムを手に路地へやってきたのだが、

「チビここにいたのか。ってあんた誰だ」

いつもの場所に子猫はいたが、その脇《わき》に知らない人間がいたのだ。

路地は薄暗くその人物はしゃがみ込んでいたため、近づくまで気付くことができなかった。

「偶然この子を見つけてソーセージをあげてたんです。この子はあなたの猫ですか？」

茶色い髪に水色の瞳の女はそう言った。

確かに俺は連日いや時間が空くたびに、こいつに餌をやりに来ているが、飼い主という訳ではない。

「いや、野良だろう。俺もここでたまたま見つけて、暇な時に餌をやってるだけだ」

なんとなくこいつに餌付《えづ》けしているのを他人に知られたのが気恥ずかしくそっけなく返したが、女は気にした風もなく、

「そうですか。でもこの子、こんなに小さいのに親はいないんですかね？」

そう言ってきた。

「俺が見つけた時にはもう一匹だった。親が死んだか、捨てられたかしたんだろう」

よくあることだ。人間の世界でも。

「そうなんですかね。でもこんなに小さいのに一人で生きていけるのかしら」

この女はおそらくこの豊かな国の人間で、なんの不自由もなく幸せに育ったのだろう。

「一人で生きていけなかったら死ぬだけだ。仕方ないことだろう」

それが世界の理《ことわり》だ。あのスラムで生まれ育った俺や仲間たちがそうであったように。

そうして突き放した言い方をし、これ以上はもう話しかけてくるなと意思表示したつもりだったが、

「あの〜、お兄さんは、うちで猫は飼えないんですか?」

普通に話しかけてきた。

この女なかなか強気なのか、ただ空気が読めないだけなのか。

「……俺は元々、この町の人間じゃないから飼えない。あんたは飼えないのか?」

そんなに気になるなら自分で飼ってやればいい。

そうしてくれれば俺もここに通わずに済む。

「私も一時的にここに滞在しているだけなんで飼えないんですよね」

「……そうか」

俺もいつまでもここに通える訳ではないので、ここでこいつがもらわれていけば心残りなく去れるというのに。

「あの、私、レストランで接客係をしているのですが、お客さんに猫が飼える人がいないか聞いてみますよ」

「……そうか。まぁ、勝手にすればいい」

よかった。俺では飼い主を探してやれないからこのチビの今後が心配、いや少し気になっていたのだ。

「お世話になっているのが飲食店なんで今日、すぐには連れて帰れないんですけど大丈夫ですかね？」

「ああ、こいつはいつもここで大人しくしているからすぐに連れ帰らなくても大丈夫だろう」

「よかった。じゃあ、お店で里親を探しつつ、私も様子を見に来ますね」

「……勝手にしろ。俺も暇な時には様子を見に来てる」

正直、時間が空けば見に来ているのだが、それを言う必要はない。

「では、お兄さん。あ、そうだ。私、この通りの先の『港のレストラン』で働いているんでよかったらいらしてください」

女がそんな風に言って笑顔を向けてきた。どうも調子の狂う女だ。

「そのお兄さんってのやめろ、アルノーだ」

呼ばれ慣れない呼び名をやめさせたくてそう言って踵《きびす》を返すと、

「はい。アルノーさん。私はカタリナです。また今度」

背中にそんな声がかかってきた。

なんだか胸がむずがゆいような不思議な気分になった。

仕事場に戻ると、また少女は泣いていた。

仕事仲間は面倒くさそうに、俺になんとかするように言ってきた。

俺はため息をつきつつ、作り慣れた笑顔を作った。そして猫撫で声で、

「大丈夫か？」

と少女に問いかけた。

学も何も持たない俺ができるのはこうして演技することくらいだ。

先ほど感じたあのむずがゆい気持ちはもう綺麗に消えていた。

夕刻、できた空き時間に再び子猫を見に行く。

路地に行くといつもの場所に子猫はいてこちらへ寄ってきた。最近はこんな風に俺を見つけると寄ってくるのだ。

正直言うとかなり愛着が湧《わ》いてきてしまっている。俺が普通に生きていたなら飼ってやりたいと思ってしまう。

寄ってきた子猫の小さな頭を撫でると気持ちよさそうに鳴いた。小さく弱い存在、守ってもらわなくては生きていけないからこそ愛らしくて庇護《ひご》欲をそそる。俺は持ってきた餌をちぎって食べさせ始めた。しかし、しばらくすると、

「あっ！」

と声がして昼のあの女、カタリナが現れた。

『たまに来る』と言って別れたのに、また数時間後に来ているところを見られてしまい非常にバツが悪い。

「だいぶ懐いてるんですね。結構、様子を見に来てるんですか？」

カタリナは無邪気にそう問いかけてきた。この女、わざとか。

「たまにだ、たまに」

「でも、さっきも来てたし」

なんなんだ。この女は察しろよ。

「偶然、こっちに用事があったからついでに少し来てみただけだ」

そう言うと、ようやく追及をやめたが、そのニヤニヤした感じの顔に腹が立つ。

しかし、その後のカタリナからの話にそんな腹立ちも和らいだ。

子猫を引き取ってくれそうな相手が見つかるかもしれないというのだ。

「それで今、聞いてみてくれてるので結果待ちです」

「……そうか」

飼い主が見つかればもう飢えることもない。命の危険もなくなる。

カタリナが来てから俺の後ろに隠れた小さな身体を見つめほっと息を吐いた。

「そうだ。それでこの子のためにやっておきたいことがあるんですけど、明日の午前中、アルノーさんも手伝ってくれませんか」

「……なんだ」

今度は何をするつもりなんだ。カタリナに怪訝な目を向けると、笑顔で話し始めた。

「それは――」


翌日、カタリナに言われた通りに路地へ向かった。

まだ時間があったため、子猫に餌をちぎって与えた。俺の手からはむはむと食べる様子は愛らしい。

しばらくして、カタリナが急いだ様子で現れた。

「すみません。遅くなりましたか？」

「いや、俺も今来たところだ」

早めに来たのは俺の勝手だ。

「あの、この子の飼い主になってくれる人が見つかりました」

カタリナがそう教えてくれた。

「そうか」

このチビはもう大丈夫だろう。このお節介女が探してきた飼い主ならば悪い人間ではないだろう。

これでこいつは寒さに震えることなく空腹で苦しむことなく命の危険に怯《おび》えることなく生きていけるはずだ。よかった。自然と口の端が上がる。

「あ！」

カタリナがそう言って俺の顔を凝視していた。

これは素で笑ったところを見られたのか――仕事ではいくらでも作り笑顔を作るが、素で笑っているのを他人に見られたのは子どもの頃以来で気まずい。

いや、そもそも素で笑ったのが子どもの頃、以来なのかもしれない。

「なんだ」

気まずさから不機嫌に返すと、

「いえいえ。では、あの早速お願いします」

カタリナはそう答えた。ここは空気を読んだらしい。

「わかった」

俺は少し離れた子猫を再び餌で近くに寄せると、その小さな身体に手を伸ばしてそっと抱き上げた。

よく頭は撫でていたが、抱き上げたのは初めてで、その小ささや軽さに驚く。

逃げられるかもしれないと警戒もしたが、子猫は特に暴れることなく俺の腕の中に収まった。

子猫だからなのか、それとも生き物は皆そうなのかその体温は温かかった。

「あちらで庭を貸してもらえるようにお願いしておいたので、そこまでお願いします」

そうカタリナに促され、俺は子猫を腕に抱え歩き始めた。

どこかの家の庭に着くと、カタリナはシャンプーと水を張ったバケツを並べ腕まくりをした。

「さぁ、ではやりましょう」

とカタリナが声をあげると腕の中の子猫がビクッと震えた。

「アルノーさんお願いします」

「ああ」

そう頷くと俺は子猫を、水を張ったバケツの中にゆっくり下ろした。

初めての経験なのだろう。驚いた子猫はバタバタと暴れた。俺は思わず、

「大丈夫だ」

と声をかけ、その頭を撫でてやった。すると子猫は少し大人しくなった。

今日、カタリナの提案で子猫を洗うことになった。

カタリナ曰く、汚れによる病気の心配や飼い主が見つかりやすいようにするためということだった。

その意見には俺も納得だったため俺は手伝うことを約束したのだ。というか子猫がカタリナを威嚇しているので、一人では洗えないだろうと思ったのも大きいが。

「じゃあ、洗うよ」

カタリナがシャンプーを手に取り子猫に触れようとしたが、子猫はフシャーと声をあげ威嚇した。

俺はこれは洗うのは無理なのではないかと思ったが、どうやらカタリナもそう思ったようだ。

「アルノーさん、洗うのお願いできます？」

あっさりこちらにシャンプーを渡してきた。

「……わかった」

正直、こんな小さな生き物を洗ったことはなく、怖いという思いもあったが、ここまで来て引くわけにはいかない。

俺はおそるおそる子猫に手を伸ばし、洗い始めた。

その小さな身体を傷つけないように慎重に子猫を洗い終え、カタリナに尋ねた。

「……これでいいか？」

「はい。すごく綺麗になりましたね。ありがとうございます。じゃあ、これタオルです。拭いてあげてください」

そう言ってカタリナが渡したタオルで子猫を拭いた。

「わぁ、艶々だね。黒茶の毛並みだったんだ」

カタリナが目を輝かせて子猫を見て言った。カタリナの言う通り子猫はとても綺麗になった。まるで違う猫のようだ。

これでこいつも幸せになれるな、そんな風に思っていると、

「あ、この子の毛並み、アルノーさんの髪の毛と同じ色なんですね」

カタリナがそんな風に言った。

俺は驚いて自分の髪をつまんで見てみた。自分の髪など気にしたことはなかったので。

言われてみれば手の中の子猫と俺の髪は同じ色だった。

ただの偶然、それだけ。

なのに――――なぜ、こんなにも嬉しいのか。胸が暖かくなるのか。

「そうだ。アルノーさんの都合が良ければ、今日の夕刻に子猫を『港のレストラン』で飼い主さんに引き渡す予定なんでこの子を連れてきてもらっていいですか？」

「……なんで俺が……」

「だって私にはまったく懐いてないので、連れていけるかどうかわからないじゃないですか。お願いします」

カタリナの必死な様子に俺は、

「……わかった」

と頷いた。

飼い主は確認しておきたい。こいつをちゃんと飼って幸せにしてくれる人物なのか。

カタリナと別れても胸の暖かさは消えなかった。子猫をひどく愛《いと》おしく感じた。そしてその暖かさは古い記憶を思い出させた。

ガキの頃スラムで過ごしていた頃の遠い記憶。

スラムに突然、現れた今までいた大人《おとな》とは毛並みの違う一人の男、ガキを集めて色々教えていた。

その男に関わった時、こんな風な胸の暖かさを感じた。

どうもその暖かさに慣れず、ソワソワした気持ちになるので俺はその男を避けていたが、仲

のよい仲間の一人がとても懐いていて、男のところに入り浸っていた。

ある日。

『俺、あいつに名前を付けてもらった』と嬉しそうに言った仲間は、男が病気になると『薬を手に入れる』と出ていってそのまま戻ってこなかった。

風の噂で盗みに入って捕まり売られたと聞いた。馬鹿《ばか》だなと思った。

俺たちが人のためにできることなどない。自分が生きるだけで精一杯なのだから。

捕まったというあいつは今、どうしているのだろうか。

生きているのだろうか。

第三章　敵のアジトと意外な再会

子猫を洗い終えてレストランへ戻ると、マリアがすでに昼の部の準備を進めていた。

店で出す料理にお菓子の準備。それに続き、ついには昨日から経理の方も担い、着々と無駄の削減を目指しているマリア。

その頑張りで大赤字だった『港のレストラン』は黒字に近づいてきているとのことだが、はっきりいってマリアは大忙しで、三日目のように一緒に出かけることもできない。

初めは無理をしすぎていないか心配したが、マリアは目をキラキラさせ、

『いえ、こうして無駄を省いて、利益を上げていくのって楽しいんです』

と帳簿を握りしめて力説してくれた。

マリアはここに来て新たに好きなことを発見できたようで何よりだ。

ただ、楽しすぎて魔法省へ帰らずここに残ると言い出したらどうしようと少しドキドキする。

レジーナはそうなったらいいな的なことを言っていたからな……いやいや、マリアには魔法省で帰りを待っている人たちがいる。

マリアが帰らないとなれば魔法省からの新たな攻略対象天才美少年デューイは泣くだろうし、実は女性が苦手（でもマリアだけは特別）のサイラスも落ち込むだろう。

あれ、でもそうなれば魔法省での乙女《おとめ》ゲームもなくなって、私の破滅もなくなる？

それはいいかも！

あっ、でもマリアと離ればなれになるのは嫌だな。じゃあ、私もここで新たにウェイトレスとしての人生を始めるとかどうだろう。貴族令嬢より上手《うま》くいきそうな気がする。

そんな未来を想像しつつ、私も昼の部の準備を手伝い。さぁ、昼の部のスタートだ。

これまでは昼上がりのおじさんが数人来るだけだったという昼の部は、もうすっかり女性たちのカフェタイムのお店へと変わった。

おじさんなど一人もいない。店内は女性で埋め尽くされている。

最初は少女たちが多かったのだが、噂《うわさ》が広まったのかしだいに奥様方も来るようになり年齢層は様々になってきた。

皆、お菓子を美味《おい》しそうに食べ、楽しそうに話を弾ませている。

そんな中、昨日も見た顔を発見する。

「いらっしゃい。連日来店ありがとう」

そう声をかけると果物《くだもの》屋の娘さんは、

「やっぱりどうしてもまた食べたくて、お手伝いするからってお小遣いをねだってきちゃいました」

はにかみながらそう言った。

「ふふふ、そんなに気に入ってくれて嬉《うれ》しいわ。それから子猫の里親の件ありがとう、お庭も貸してもらってしまって」

「いえいえ。庭はいつでも空いてるんでいいんです。それに里親の件は偶然、親戚《しんせき》が長年飼っていた猫を亡くしてしまって落ち込んでたので、その人に少し子猫のことを話してみただけですから」

「飼い猫を亡くされたの？」

「はい。ずっと長く飼っていた猫が数週間前に亡くなってしまったんです。高齢で老衰だったらしいですけど、すごく可愛《かわい》がっていたから落ち込みようがすごくて、見てられないくらいだったんです……あ、なので子猫のことも絶対に可愛がってくれる人ですから安心してください」

「そう、よかった。本当にありがとう」

この果物屋の親子は本当に感じが良くて、人の好《よ》さが顔から滲《にじ》み出ているような人たちなので、その人が紹介してくれる飼い主さんならきっと大丈夫だろうと思っていたが、こうしてどんな人か聞けてほっとした。

「ここの昼の営業が終わる時間頃《ごろ》に親戚の仕事が終わるのでその足で迎えに来るって言っていましたので、よろしくお願いします」

本当は自分もその場にいたかったのだが、お小遣いをねだったために頼まれた仕事をしなくてはならず、どうしても帰らなければならないとのことだった。

申し訳なさそうにする気のいい娘さんに気にしないでと伝え、オーダーを取ってお菓子を運んだ。

昨日と同じくそれは幸せそうにお菓子を食べた彼女に、今日も試作品をお土産《みやげ》に持たせてあげると満面の笑みを浮かべて喜んだ。

そして本日の昼の部は、なんと用意したお菓子が完売してしまい。少し早めの店じまいとなった。

「まさかこんなに早く完売するなんて思わなかったわ。明日はもっと数を用意したほうがよさそうね」

そう言ったレジーナはほくほく顔で、作り手であるマリアも嬉しそうにしていた。

昼の片付けを終えてから、私はアルノーが子猫を連れてきてくれるのを待った。

本日の昼の部の集計をしているマリアも私が子猫を飼い主さんに引き渡す話をすると、「子猫見てみたいです」と言っていたので、アルノーが来たら呼ぶ予定だ。

約束の時間になり、時間通りにアルノーは店の前にやってきた。

店の場所は口頭でしか伝えていなかったが、無事に来てくれてよかった。

アルノーは安定の仏頂面で、子猫を大事そうに抱えている様子はなんだかギャップがすごかった。

「連れてきてくれてありがとう」

「……ああ」

そっけない返事をしつつアルノーはどこかそわそわした様子だった。飼い主さんが気になるのだろうか。

「飼い主さんはまだ来てないの。これから来る予定だからもう少し待ってて」

「そうか」

やっぱり飼い主さんが気になっていたんだな。子猫を可愛がってるものね。

「あ、そうだ。一緒に働いてる私の友達も子猫が見たいって言ってたんだ。見せてあげていい？」

マリアのことを思い出してそう聞けば、

「俺はこいつの飼い主でもなんでもないんだからいちいち聞かなくていい」

と眉《まゆ》をひそめられた。

う～ん。これだけ世話して可愛がっててこれはもうほぼ飼い主な気もするけど、本当に素直じゃないな。

「じゃあ、呼んでくるね。マリア～、子猫が来たよ」

店の扉を開けて中にそう呼びかけると、すぐにマリアが出てきた。

「こんにちは、マリアです」

出てきたマリアは子猫を抱えたアルノーにそう挨拶《あいさつ》をした。

出てきたのがすごい美少女だったため、アルノーが一瞬だがボーっとマリアに見惚《みほ》れたのがわかった。

ふふふ、私の友人は可愛いでしょう。でも可愛いだけじゃなくて優しくていい子で料理も上手いんだから。私はちょっと得意な気分になった。

「……俺《おれ》はアルノーだ。猫はこれだ」

アルノーはそう言うと、抱いていた子猫を少し手前に出した。

マリアは「わぁ、可愛い」と子猫を覗《のぞ》き込んだ。

すると子猫は私にするように威嚇《いかく》することなく、大人《おとな》しくマリアを見つめていた。

「いい子ですね。少し撫《な》でてもいいですか？」

「……こいつがいいなら」

アルノーが子猫を見ながらそう言うと、マリアは子猫に、

「撫でてもいい？」

と聞き、そっと手を伸ばした。

子猫は少しびくりとなったが大人しく頭を撫でられていた。

「いい子ですね」

マリアが子猫に笑いかける。

あれ、朝、洗った時は私をあんなに威嚇してきたのに、もう大丈夫になったのかしら？

そう思った私は、マリアにならって子猫の前に行き、

「私も撫でてもいい？」

と聞くと、シャーと威嚇された。

「な、なんで？　人に慣れたんじゃあないの」

ガーンと悲しくなる私に、アルノーが、

「……人によるんじゃないか」

さらに悲しくなることを言ってきた。

え、私って今世では犬だけじゃなくて猫にも好かれない性質なの？

絶望する私にマリアが、

「たまたまですよ」

と優しく慰めてくれ、試しにもう一度、子猫の方へ寄ってみたけど、やはりフシャーと威嚇された。悲しい。

そんなことをしているうちに約束の時間になり、果物屋さんの親戚であるという年配の男性が訪れた。

男性はアルノーの腕に抱かれた小さな子猫を見ると「ああ、可愛いらしい」とくしゃくしゃの笑顔になった。

果物屋さんの娘さんからも聞いていたが、男性はずっと飼っていた猫を最近亡くしてしまったばかりでひどく気落ちしていたのだという。

「うちは子どものいない夫婦で、あの子のことを我が子のように可愛がっていたんだ。あの子がいなくなってしまって、家が一気に静かになって気持ちも沈んでしまってね。そこへ里親の話を聞いてね」

男性はそう言うと、子猫に視線を合わせて、

「君、うちの子になってくれるかい？」

そう問いかけた。子猫はまるでそれに答えるように「にゃあ」と鳴き、男性は目を潤ませた。

アルノーが子猫を男性の胸へと預けると、子猫は素直に男性の胸に収まり、男性はそれは幸せそうに微笑《ほほえ》んだ。

そうして男性は何度も何度も私たちに頭を下げ、宝物を抱えるように大事に子猫を抱いて帰っていった。

男性の背を見送りながら、

「いい人そうでよかったですね」

「そうね、あの人ならきっと大事にしてくれるわね」

マリアと私がそう言うと、アルノーは、

「……ああ」

とだけ答えたが、その子猫を見送る横顔は安心しているようで、それでいて少しだけ寂しそうに見えた。

男性の姿が見えなくなると、アルノーが、

「じゃあ、俺は帰る」

そう告げてさっさと去っていこうとしたので、

「え、わざわざ子猫を連れてきてくれたのだから少しお茶でも飲んでいってよ」

元々、そうしようと思ってレジーナに許可をもらっていたのだ。しかし、

「……いや、いい」

アルノーはそう答えてさっさと歩きだしてしまった。

「え、でもじゃあせめて何かお礼を――」

とアルノーを追いかけていた時だった。

「どうしたんだ？」

聞き慣れた声がして、そちらを振り返るとそこには港の仕事から戻ってきたらしいソラがいた。

「あ、ソラお帰り～」

そうソラに声をかけると、目の前を歩いていたアルノーが振り返った。そしてソラを見て、

「ソラ？」

と怪訝《けげん》な声をあげた。ソラもそこでアルノーをしっかり見て、

「お前、アルノーか？」

と言ったのだ。

そして二人は目を見開いて見つめ合ったまま硬まっていた。

ん、どういうこと？

「あの、二人は知り合いなの？」

私がそう声をかけると、二人ともはっとなって、ソラが口を開いた。

「ああ、子どもの頃にな。まさかこんなところで再会するなんて思わなくて驚いた。元気にしてたか？」

「……ああ、なんとか。お前も生きていて何よりだ」

「ははは、お陰様で。まさかこんな異国で会うなんてな。お前はこの町に住んでるのか？」

さらにソラがそう聞く。

「いや、仕事で来ているだけだ。お前はここに住んでいるのか？」

「俺もここには仕事で来ているだけで住んでいないが、この国には住んでる」

「……一定の場所に住んでるのか？」

「ああ、職場で用意してもらった家に住んでる」

「……まともな仕事についてるのか？」

「ああ、ようやくな」

「……それはよかった」

話の内容はよくわからないが、ようは昔の知り合いということで、積もる話もあるだろうと、

「よかったら、お店に入って話していきませんか？」

そう声をアルノーにかけたのだが、

「いや、いい。仕事がある」

そう言うと、アルノーは踵《きびす》を返してしまった。

「おい、アルノー。お前は――」

去りゆく背中にソラが何か言いかけたが、アルノーは振り返らずに去っていってしまった。

「あの、ソラ」

しばらくアルノーの去った方向を見つめていたソラに声をかけると、彼ははっとして、

「店に戻るか」

とそそくさと扉をくぐっていった。

なんだかいつもと調子の違うソラに私とマリアは顔を見合わせた。

その後、ソラはすぐにいつもの調子に戻り、港での情報収集の報告をして、夜の部の用心棒を務めたためアルノーのことを聞く機会がなかった。

やがて、すっかり人気店になってきた『港のレストラン』の本日の営業が終わった。

片付けの際になりようやくソラと話をする機会ができたので、

「ソラとアルノーはどこで知り合ったの？」

と聞いてみると、

「子どもの頃スラムに住んでいた時に一緒に暮らしていた仲間だ。まさかこんなところで会うとは驚いた」

と答えが返ってきた。

そうソラは元々他国のスラムで育ち、その後、他国を転々としてこの国に行き着いたのだ。

「むしろお前はどこで知り会ったんだよ」

「子猫を見つけた時に知り合ったのよ」

「ああ、最近、お前が世話して飼い主を探していた猫か」

子猫の話はソラにも話していたのだ。

「そう、その子を最初に世話をしていたのがアルノーだったのよ。それで知り合ったの」

そう言うとソラは少し目を見開き、続いて顔をくしゃりとして笑った。

「アルノーが子猫の世話か、あいつあれで意外と面倒見がよかったもんな」

ソラは懐かしそうにそう言った。

「仲良かったんだね」

その懐かしんだ笑顔を見てそう言うと、ソラはまた目を見開いて、

「……そうだな。あの頃はただ必死だったけど、仲は悪くなかったのかもしれない」

となんだかよくわからない答えを返してきた。そして、

「なぁ、あいつが今、どこで働いているとかわかるか？」

と聞いてきた。

「う～ん。主に子猫のことばかり話してたから仕事までは聞いてないけど、暇ができたら来られる距離みたいだったからたぶん近くで働いてると思うけど」

そう思うとアルノーのことは名前とぶっきらぼうだけど優しいということくらいしかわからないことに気が付いた。

「近くを捜してみようか？」

昔馴染《なじ》みならソラもまた会いたいだろうから、そう提案してみたが、

「いや、いいよ。お前は自分の仕事だけしていればいいから」

と、きっぱりと拒否されてしまった。

しかも「むしろ変に動かれると、また何か厄介ごとに巻き込まれると悪いからくれぐれも余計なことをするな」と付け加えられてしまった。

確かに最近、皆に色々と迷惑をかけることが多かった私は、そこは素直に頷《うなず》いた。

そして片付けが終わるとソラは、

「じゃあ、お前もしっかり休め」

そう言って自室へ戻っていった。

その様子はいつもと同じようで、なんだか少し違う気がした。

★★★★

俺、ソラ・スミスはカタリナと別れ、自室に戻るとそのままベッドで横になった。

なんだか気持ちが落ち着かなかった。

原因はわかり切っている。十数年ぶりに再会した幼馴染《おさななじみ》、アルノーのことだ。

スラムで暮らしていた頃、子どもだった俺たちは一人では大人に対抗できないためだいたいグループを組んでいた。

俺も生き残るためにグループに属していて、そこに同じようにいたのがアルノーだった。

年が近かったというのもあるが、俺はアルノーが割と好きでよくつるんでいた。

アルノーは、粋がった馬鹿《ばか》たちみたいに年下や弱い者をいじめたりしなかった。愛想は悪いが、年下の奴《やつ》の面倒をよく見てやっていた。

そしてアルノーは俺が『あいつ』に懐いて字や計算を習っているのを他《ほか》の奴のように茶化したり、馬鹿にしたりしなかった。一緒に習うことこそしなかったが、それでも俺が『あいつ』に習ったことを話すのを静かに聞いていてくれた。

それに――あの夢は何かの啓示だったのか。俺は無神論者なのだが、そんな風に思ってしまう。

スラムでゴロツキに殺されかけた時、一人戻ってきて俺を助けてくれた仲間、それがアルノーだった。

スラムの中で『あいつ』以外で俺に手を差し伸べてくれたたった一人の人間、だから他の奴は忘れても、アルノーのことだけは覚えていた。

俺は『あいつ』に必要な薬を盗みに入り、捕まり他国に売られた。

そこからあのスラムには、いやあの国には一度も戻っていない。

ただ戻るような仕事がなかったからと思っていたが、今、思うと自らあの国を避けていたのかもしれない。

ずっと荒れていたあの国には金になりそうな仕事はたくさんあったのだから。

『あいつ』を失ってしまったこと、へまをして捕まってしまって『あいつ』の最期を見届けられなかったことなど色々と思い出したくなかったのかもしれない。

だからあのスラムで育った仲間たちがどうなったのかも考えないようにしていた。生きる上で関係ないことだと言い聞かせて。

しかし、今、まともな職につくことができ、初めて堂々と表を歩けるようになった。

気がよく信頼できる奴らに囲まれて暮らす中で、胸に抱えていたわだかまりが解けていく。

今ならあの国にも行けそうな気がしていた。

そんな中で再会したスラムの仲間で唯一、特別だったアルノー。

まさかこんなところで再会するとはひどく驚いた。それにあいつが俺を覚えていたことにも。

だが、俺がまともな仕事についていると言うと、逃げるように去っていったアルノー。あの感じには覚えがあった。

真っ当な人間に自分が関わって迷惑をかけたくない時だ。

おそらくアルノーはまだスラムにいた時のように後ろ暗い仕事から抜けだせていないのだろう。

アルノー以外の奴ならばここぞとばかりに俺を利用しようとしてきたかもしれないが、あいつはそういう奴ではない。

子猫を世話していたというカタリナの話でそれはより確信に変わる。

スラムで自分よりも年下の奴らの世話を焼いていたあいつは、今もそう変わっていないようだった。そう確信すると、放《ほう》っておけないと思ってしまった。

俺自身、つい最近まで後ろ暗い仕事で生きており、他人のことまで面倒なんて見られないと思っていたくせに、この数か月ですっかり変わってしまったものだ。

それが誰《だれ》の影響かなんて考えなくてもわかる。

たいして力もないくせに他人を放っておけなくて、すぐに突っ走るお節介令嬢、カタリナ・クラエス。

あいつと行動することが多くなって、すっかり影響されてしまったようだ。

前までの俺だったら、アルノーが後ろ暗い仕事をしていようが、それを彼自身がよしとしていない気配を感じようが、だからなんだと、自分自身で選んでいることだから仕方ないだろうと切り捨ててしまっていただろうが、今の俺はそんな風に捨てられない。

何よりアルノーには助けてもらったという借りがある。借りは返さなくてはならない。

まずは明日、港の仕事の前にカタリナに聞いたあたりを回ってみて、アルノーを捜してみよう。

そう決めると俺はそのまま目を閉じた。

いつの間にか今までと違う自分になってしまった。しかし、そんな自分も嫌いではないので不思議だなんて思いながら、眠りについた。


やがて日が昇り、俺は支度をするといつもより早く町へと繰り出した。

通りの店はまだほとんど準備中だが、仕入れなどの仕事で人はそれなりに行き交っていた。

カタリナに聞いた子猫がいたという路地に来てみたが、やはりそこにアルノーの姿はなかった。

子猫はもうもらわれていったのだから、これは想定内である。

この路地を起点に、この近辺のあまり治安がよくなく、外国人がたむろしていそうな場所に目星をつけ回ってみた。

アルノーが仕事をしているなら、そのような場所が考えられたためだ。

しかし、アルノーの姿は見つからず、俺はまた例の路地に戻った。すると、そこに捜していた姿を見つけた。

アルノーが一人で突っ立って路地の隅に置かれたごみ箱を見つめていた。

「おい、アルノー」

そう声をかけると、アルノーは顔を上げ、俺を見るとその目を見開いた。そして、

「……ソラ、何でここに？」

と、眉をひそめた。

「昨日、お前が逃げるみたいに行っちまったから、気になって来ちまったんだよ」

俺がそう返すと、アルノーはさらに眉をひそめた。

「……お前な、まともな仕事で働けてるんなら、俺みたいなのには関わるな。面倒なことになるぞ」

やはりそうだった。アルノーは俺のことを思って逃げるように去ったのだ。

俺の考えは当たっていて、アルノーはやはり昔のアルノーのままだった。面倒見がよくていい奴だ。

カタリナが懐くのもわかる。カタリナはああ見えて本当に危ない奴かそうでないのかを野生の勘のようなものでわかっている節がある。

アルノーの口にした『面倒なことになるから関わるな』、少し前の俺なら『そうかじゃあ、仕方ないな』とここを去っただろう。

だが、カタリナにすっかり感化されてしまった俺はここで引けなかった。

「……いや～な、面倒なのはわかってんだけど、力になってやろうかと思っちまってな」

俺が頭を掻《か》きながらそう言うと、アルノーはポカンとした顔になった。

「はぁ、お前何言ってるんだ」

「あ～、俺も自分で何言ってるんだろうなとは思うんだが……お前にはガキの頃の借りもあるしな」

「借り？　なんのことだ」

「あ～、スラムにいた時に俺がヘマやってやられそうになった時、お前が助けてくれたことがあっただろう。その借りをまだ返してなかったからな」

「……そんなガキの頃のことはもう忘れた。気にするな」

「そうもいかねぇよ。借りっぱなしは気持ちがわりぃよ、それにお前のことはカタリナも気にしてたからな」

「……カタリナってあの、カタリナか？　そう言えばお前たちは知り合いなのか？」

「ああ、職場の同僚だ」

「ずいぶんお節介な同僚だな」

「ああ、お陰で俺にもそれが少し移っちまって、昔馴染みのお前にお節介を焼きたくなっちまった訳だ」

「……」

「なぁ、アルノー、俺に借りを返させてくれよ？」

「……お前が生きていてくれて嬉しい。売られたと聞いて心配していたんだ。せっかく表の世界で生きられるようになったなら、そのまままともに生きろ。俺には関わるな」

そう言うと、アルノーはすっと踵を返すと路地を走り抜けていってしまった。

あのごみ溜《た》めのようなスラムで『あいつ』の他にも俺を心配してくれた奴がいた。そして生きていて嬉しいと言ってくれた。

その事実に俺は思わず硬まってしまいアルノーを見送ってしまったが、すぐにはっと我に返り彼の後を追った。

しかし、時すでに遅し、姿を見失ってしまった。

そう言えばあいつってかなり足が速かったんだった。忘れていた。

「ったく、あんなこと言われちゃあ、なおさらはいそうですかって引き下がれねぇよ」

今日の港の仕事は休むことにする。

日雇い仕事だし、どうせあそこで大した情報なんて入らないのだ。今日はあいつを見つけ出すことに費やす。でもって借りをのしつけて返してやる。

そう決めると俺は近辺の捜索を開始した。

夜、港のレストランで用心棒として働いているお陰でこのあたりの人々には顔見知りもできた。その辺のコネを使って、アルノーのことを尋ねて歩く。

アルノーは自身にはさほど特徴はないのだが、それでもやや浅黒い肌からこの町の人間ではないことがよくわかる。そのあたりを聞いていけば、「そう言えば見かけたような」という話も出てくる。

こういうことは得意分野だ。やがてアルノーが出入りしていそうな場所を突き止めた。そして俺はその建物の前に身を潜めた。

大当たりだ。

しばらくその建物を張っていると、何人かの人間が出入りし、そこからアルノーも一人で出てきた。チャンスだと俺はすぐにアルノーの前に出て、

「おい、アルノー」

と声をかけた。

「ソラ、なんでこんなところに？」

アルノーがぎょっとした顔でそう声をあげた。

「ああ、まだ話が終わってなかったからな」

そう告げると、アルノーは眉をひそめた。

「……関わるなと言ったはずだ」

「それ、こっちは承諾してねぇからな」

アルノーが舌打ちをして、

「とにかくここはまずいから早く別のところへ――」

と言いかけた時だった。

アルノーが先ほど出てきたドアがバンと開くと中から子どもが飛び出してきた。

子どもは走ってどこかへ行こうとしたが、すぐに後ろから男が出てきてその子どもを捕まえた。

子どもはバタバタと暴れて叫んだ。

「離せ、人攫《さら》い、私を家に返せ！」

「駄目だね。お前にはもう買い手がついてんだよ。大人しく売られていけ」

男は子どもの口を覆って黙らせた。

俺はしばし茫然《ぼうぜん》とその様子を見ていたが、男と目があってやばいなと思った。

アルノーは後ろ暗い仕事をしているだろうと思っていたが、想像以上にやばい案件であるようだった。

そして偶然とはいえこの現場を見てしまった自分の状況も非常にまずい。

「おい、こいつは誰だ」

男が俺を見つめ怪訝そうな声をあげる。

「昔の知り合いだ。ここの人間じゃない。旅行で来てるだけですぐに自国へ戻る。お前もう帰れ」

アルノーがそう言って俺と男の間に立った。

俺を逃がしてくれようとしているようだ。しかし、男の方はそう素直に頷いてくれるわけもなく、

「そうは言っても今のを見られて、はいそうですかと簡単に帰せねぇだろう」

と俺に鋭い目を向けてきた。まぁ、それはこいつの言う通りだよな。俺が逆の立場でもそう言うわ。

「俺がよく言って帰すから問題ない」

アルノーはとにかく俺を巻き込まないようにとそう言うが、男は納得しそうもない。

正直、俺もそれなりに修羅場をくぐってきた人間なので、この男一人くらいなら簡単にのせると思う。

特にこの男は俺がぱっと見、優男風だから簡単にやれるって思ってるみたいだしな。

う～ん、隙《すき》だらけだからこれは簡単にいけるな。

そう判断すると、俺はひょいと移動して、男の背後に回りこみ首のつけ根あたりに拳を叩《たた》き込んだ。

男はぐぇっと声をあげると、そのまま倒れ込んだ。俺は男の肩に荷物のように抱えられていた子どもをさっと奪い取って抱えた。

アルノーが驚いた顔をしていた。

もしかしてこいつも俺が非力だと思っていた口か、スラムで色々と無茶をやりあってきた仲だというのに失礼な奴だ。

そんなアルノーに向かって、

「あのな～、俺、そこまで非力じゃねぇぞ」

そう言って子どもを下ろしたところで、後ろに何人か人の気配を感じた。

ばっと振り返ると、

「よう色っぽいにいちゃん、よくも仲間をやってくれたな」

「ただで帰す訳にはいかなねぇぜ」

と、品のない笑みを浮かべる男たち。

ガラはよくねぇが、何とかできそうな人数ではあったが――。

「お仲間の姉ちゃんをどうにかされたくなかったら、大人しく言うことを聞きな」

その男たちに挟まれて縮こまっていたのは、

「ごめんね、ソラ。ソラを見かけて追いかけてきたら……捕まっちゃった」

非常に申し訳なさそうな顔をしたカタリナだった。

完全に捕獲されたカタリナを前に、これ以上暴れるわけにもいかなくなった。

俺は大人しく両手を上げた。

★★★★★

本日の朝の買い出しに出かけ、果物屋さんの娘さんに飼い主さんを見つけてくれたお礼にお菓子を届けに来た帰りのことだった。

今の時間は港の荷物積みに行っているはずのソラの姿を見かけた。

どうしたんだろうと後を追ってみると、何やら薄暗い路地を進んでいった。

ますますどうしたんだろうと足早に追いかけると、ソラとアルノーがなにやら揉《も》めているようだった。

何事だと出ていこうとしたら、その前に目の前の建物のドアが開いて子どもが飛び出てきた。その子を追いかけるように出てきた男に捕まって肩に担がれ、口を押えつけられてしまった。

これはただごとではない助けてあげないと！　と私が考えている隙に、ソラがその男をあっという間にやっつけてしまった。

カッコいいソラ、さすがと物陰から拍手を送っていると、気付けば後ろに柄の悪そうな男たちが立っていて、

「お前、あの乱暴な兄ちゃんの仲間だな」

そうすごまれて、そのまま捕獲されてしまった。

おそらくソラだけならあそこからでも逃げられたのかもしれないが、私が捕まってしまったことでソラも大人しく降参せざるを得なくなってしまった。

本当に心の底から申し訳ない。何が『自立する』だ。迷惑かけっぱなしではないか。

そうしてそのまま男たちに、前にあった大きな建物の中に連れてこられ、その一室に私は先ほどの子どもとともにポイっと放り込まれてしまった。

一緒に建物に連れてこられたソラは同じ部屋には入れられず、男たちにどこかに連れていかれてしまった。

ソラ、大丈夫かしら。

ドアを見つめてそんな風に考えていると後ろ側から、ひくひく、ぐすぐすと啜《すす》り泣く声が聞こえてきた。

えっ！　と驚いて振り返ると、そこには先ほどの子どもも含め数人の子どもたちが座り込んでおり、その中の何名かが泣いているではないか。

「あの、大丈夫？　どうしたの？」

しゃがみ込んで泣いている子にそう問いかけると、

「どうしたもこうしたもないよ。あたしたち攫われてこれから売られるんだよ。泣きたくもなるさ」

問いかけた子ではなく、横に座っていた子ども、先ほど私と一緒に放り込まれた子（よくみると少女だった）が仏頂面でそう答えを返してくれた。

「え、売られるの⁉」

無理やり連れてこられ、良くない状況なのはわかっていたが、売られるとは思っていなかったので驚いて声をあげると、

「ああ、異国に売られるんだ。ソルシエの子どもは教養があって発育もいいからいい値段で売れるんだってさ」

隣の少女は悔しげにそう言った。

子どもを攫って売るって、

「それって人身売買……」

まさか本当にこの港でそんなことが行われていたとは、図らずしも探していたところにたどり着いたということか――というかじゃあ、もしかしたら！

「あの、この中に貴族のご令嬢の女の子っているかな？」

おずおずとそう声をかけると、部屋の一番奥にいた黒髪の少女がビクッと身体《からだ》を震わせた。

やっぱりいた！　私はすぐにその少女の元へ近づき、

「あなたが男爵家から攫われた魔力持ちのご令嬢？」

そう問いかけると、黒髪の少女は目を見開き、小さくこくんと頷いた。

どうやら彼女が行方《ゆくえ》不明のご令嬢で間違いないようだ。

「あの、あなたは？」

黒髪の少女はおずおずと問いかけてきた。

「私は魔法省の人間であなたを捜していたのよ」

そう伝えると黒髪の少女は、

「魔法省の？　では助けに来てくれたのですか？」

と目を輝かせた。

ああ、そうだよね。そこだけ聞くとカッコよく助けに来たみたいだよね。言う言葉のチョイスを間違ってしまった。

「……ごめんね。私も捕まってしまっただけなの」

期待を裏切ってしまい申し訳ないと、私は深く反省して頭を下げた。

黒髪少女の目は再びどよんと暗くなってしまった。

本当にごめんよ。

また少女の言葉に周りの子どもたちも一瞬、期待した様子だったので、この場はさらに暗いムードになり、また子どもたちは泣き出してしまった。

ああ、本当に申し訳ない。私のせいでさらに暗くなってしまったこの場をどうにかしなければ。私は強い使命感を覚えた。

「あ、あのね。最近、読んだ本にこんな話があってね――」

私はどうにか空気を変えるために、最近読んだ、城下で流行《はや》っている『巷《ちまた》の面白い話集』という本の内容を話し始めた。

それは巷であったアホで笑える話を集めたというもので、じつに面白かったのでよく覚えていたのだ。

そしてその話を始めると子どもたちは非常に食いつきがよかった。

城下の平民の中で流行っている本なので、貴族仲間には話せなくて、なんとなく不完全燃焼だったところで、こんなに熱心に聞いてもらうと私も乗ってきた。

身振り手振りを交えて、台詞《セリフ》も役ごとに声を変えて、もう一人芝居くらいの勢いでアホな話を必死に話すと、初めはただ黙って聞いていた子どもたちも、次第にクスクスと笑ってくれるようになった。

そうなれば元々の調子に乗りやすい私はさらに乗ってきた。前世のナレーション語りみたいなのもまぜて本格的な一人芝居くらいの勢いで、本に載っていた話を話しに話した。

「そうして、その鼻は真っ赤になってしまったのよ～～～～おしまい」

ははは、クスクスクスクス。

長らく続いた私の一人演劇に、部屋にいた子どもたちは皆、大いに笑ってくれた。

そしてだいぶ笑って疲れたようで、皆がコクコク船を漕《こ》いで眠り始めた。

そんな様子になんだか一仕事やってやったと清々《すがすが》しい気持ちになっていると、先ほど私が放り込まれたドアがゆっくりと静かに開いて、一人の帽子を深く被《かぶ》った男が入ってきた。

男が非常に静かに入ってきたために船を漕いでいる子どもたちは気付いていない。

どう考えても人身売買の悪者の仲間だろう男、私は子どもたちを背に庇《かば》い男を警戒した。すると、

「この状況下でガキども笑わせて寝かしつけるとかどんな強者《つわもの》だと思ったら、まさかあんただったなんてな」

男は小声でそう言うと帽子をずらして顔を見せた。

「あっ！」

帽子がずれて露《あらわ》になった男の顔に私は驚いて硬まった。

「よう、まさかもう再会するなんてな。元気にしてたか、カタリナ」

帽子の男――つい先日、近隣会合で出会った海を挟んだエテェネル国の王子セザール・ダルはそう言ってにっと八重歯を見せて笑った。

★★★★★

レストランの昼の部のための買い出しに行ったカタリナ様が戻ってこない。

私、マリア・キャンベルがその知らせをレジーナさんから聞いたのは、昼の部が始まる直前だった。

ひどく胸がざわついたが、レジーナさんの『もしかして迷子になっているだけかもしれないから仲間に捜索を頼んでみるわ』との言葉に頷き、開店を待っていてくれるお客様のために店を開けた。

そして、黙々と仕事をしながらカタリナ様が見つかったとの知らせをひたすら待ったが……結局、昼の部が終わってもカタリナ様の行方はわからなかった。

それどころか、いつもなら昼の部が終わる頃に戻ってくるソラさんまでも戻ってこず、いよいよ何かあったのではないかとレジーナさんも焦りを滲ませた。

とりあえず本日の夜の部は臨時休業として、カタリナ様、ソラさんの捜索をすることになった。

レジーナさんは普段のどこか気だるげな様子が嘘《うそ》のように、次々に仲間（魔法省関係者や協力者）に連絡を取り指示を飛ばしていく。

そんなレジーナさんに、私は、

「あの、私にも何かさせてください」

と懇願したが、

「あなたの気持ちはわからなくはないわ。でもあなたはまだこの町に慣れてない。知り合いもさほどいなければ、地理にも詳しくない。そんな状況で不用意に動いてもらう訳にはいかないわ」

それは正論で、私は何も言い返すことができず素直に頷いた。

それでもただじっと待っているのはかえってつらかった。

何か、何か私にもできることはないだろうか。考えてもレジーナさんの言う通り、知り合いもなく、地理にも詳しくない土地で私ができることなどほとんどない。

ならばせっかく持っている魔力でと思うが、光の魔力で人を捜すことはできない。

私は、なんて役立たずなんだろう。

この間もカタリナ様に助けられて、今度こそは私がカタリナ様を助けるなんて意気込んでおいて結局、何もできない。

何か、何か、私にもできることは――『光の契約の書』はまだ解読できているところが少なく、解読できているところも、今は役に立たないことばかりだ。もう少し読み進めれば、何か今役に立つものも書いてあるかもしれない。

私は与えられた自室に戻り、荷物の中にあった契約の書を取り出し開いた。魔力を発動すると、字が浮かび上がってくる。

私は持ってきていた古字の辞書を片手にじっと浮かんだ文字を見つめた。

★★★★★

「セザールさん！　なんでここに」

私が驚きでそう声をあげると、セザールは私の口をふさいで、人差し指を口の前に立てた。

「しっ、ガキたちが起きちまうし、外にも声が漏れるとまずい」

ああ、そうだった。

私の後ろでは子どもたちが笑い疲れて眠っていたのだった。

私が無言でコクコクと頷くとセザールは手を離してくれた。

「ここのガキども、ずっと気を張ってて碌《ろく》に休めてないんだ。せっかくこうして気が抜けて眠れたんだ。しばらく休ませてやらないとな」

セザールは眠る子どもたちを優しい目で見つめてそう言った。

「……そうだったんだ」

たくさん笑ってくれた後に皆がすっと寝てしまって驚いたが、そういう理由があったんだ。

セザールは相変わらずいいお兄さんだな……って、ん？

「というかセザールさんは、ここで何してるんですか？」

まさかセザールがこの人身売買の悪者たちの仲間とは思えないが、でもなぜここにいるのかはわからない。

「ああ、ちょっと諸事情でね。調べたいことがあってここの組織に雇われたゴロツキとして潜入してんだよ」

「おお。潜入捜査ですか」

「ああ、そんな感じだな」

マリアたちが前回お城でやっていたみたいなものだな。

ゴロツキつきという役柄のためかすごく髪もボサボサで粗野な感じだ。

野性味あふれた美しい顔も薄汚れてて、近くでちゃんと見ないと汚いゴロツキにしか見えなそうだ。

私は庭でラフな姿のセザールを見ていたのでわかったが、これは王族仕様しか知らない人が見てもわからないだろう。

「ところであんたこそなんでこんなところにいるんだ。おまえも魔法省の潜入捜査か？」

「え、なんで私が魔法省にいることを知ってるの？」

セザールがさらっと告げた言葉に驚いて逆に聞き返すと、

「いや、あんたがあの令嬢だってわかれば、魔法省勤めは有名なことだろう」

と返されてしまった。

ああ、そうだった。セザールにはもう私が公爵令嬢カタリナ・クラエスだということがバレているんだった。

それでもって私が魔法省に勤めていることは公言しているから、社交界でも普通に知られている事実だ。

ただ近い人たち以外には名前だけの職員で仕事をしているとは思われていないんだけど。そのことをセザールに告げると、

「そうだな、聞いた話だけだと王子の婚約者としての箔《はく》付けのために名前だけ置いてんだろうなって感じだけど、俺は実際のあんたに会ったからな。名前だけ置いてる訳じゃないだろうって思ってたんだよ」

とのことだった。

これは褒められているのかしら？　喜べばいいのかしら？　と考えているとセザールが再び、

「それでお前も潜入捜査なのか？」

と聞いてきた。まぁ、セザール自身が潜入捜査しているからね。

それに他国にも名の知れた魔法省の職員があっさり捕まったとか考えないよね。

なんだか事実を話すのは少し気まずいな。

しかし、隠す訳にもいかないので、

「え〜と、その……確かに誘拐事件の捜査はしていたんだけど……ここにはただ捕まってしまっただけなの」

そう素直に答えると、セザールの顔が硬まった。

「えっ、ちょっと待て、捕まっただけって、どういうことだ？」

「それが仲間の姿を見かけて追いかけてきたらここに着いて、でもって子どもが捕まる現場を目撃したのよ。それを仲間がやっつけているのを感心して見てたら後ろから誘拐犯たちが来てるのに気付かなくて、見つかってそのまま捕まっちゃったのよ」

とここまでの経緯を説明した。

それを聞いたセザールは深く息を吐いて、

「……そうか、それは大変だったな――そしてお前は危機感がなさすぎだ」

そう言って肩を落とした。

「……その通りです。すみません」

誘拐犯たちに捕まるまでだいぶぽへーとしていた自覚があるだけに私は反省しつつ尋ねた。

「それでセザールさん、これから私とこの子どもたちはどうなるの？」

「ああ、このままだと海外に売られるな」

「やっぱり、売られるんだ！」

「おい、声がでかい、ガキどもが起きる」

「はっ、ごめんなさい」

つい声を張り上げてしまった。

「それから、俺がなんのためにここにいると思ってるんだ。このまま人身売買なんて真似《まね》はさせねぇよ」

「え、セザールさんが助けてくれるの？」

「こっちにも事情があるんで今、すぐにって訳にはいかないが、必ず助けてやるから。それまで大人しくしててくれ、そうしたら奴らも大事な商品であるあんたらに無体な真似はしねぇはずだ」

なんとも頼もしい。これでもう心配しなくて大丈夫と安心できる。

「ありがとうございます。よろしくお願いします」

私がそう言って頭を下げるとセザールはなぜか目を細めて、

「お前は本当に素直というかなんというか」

「?」

意味がわからずはてなを浮かべるとセザールはにっと八重歯を見せて笑い。

「そのままでいてくれよ」

と私の頭をガシガシとかき回して、「じゃあな」と扉のほうへ戻ろうとした。

そこで私ははっとなり、

「あの、仲間が捕まってどこかに連れていかれちゃってどうしているか心配で」

そう去ろうとするセザールの背中に声をかけると、

「わかった。確認しておく」

と片手を上げて答えてくれた。その背中はすごく頼もしくて、私はもう一度、

「ありがとう。お願いします」

と声をかけた。

ああ、一時はどうなることかと思ったけど、セザールが助けてくれるというならもう大丈夫だ。

う〜ん、安心したら、何か子どもたちの眠気に誘われて私も少し眠くなってきちゃった。少しだけ仮眠しよう。

私は近くの壁に寄りかかってウトウトし始めた。

★★★★★

「あいつは相変わらずだな」

攫ってこられた子どもたちを閉じ込めた部屋から出て俺は一人小さくこぼした。唇の端が自然と上がっていく。

俺、セザール・ダルがソルシエの公爵令嬢カタリナ・クラエスと出会い別れたのはほんの数週間前だ。

そう遠くないうちに再会するだろう予感はしていたが、まさかこんなに早く会うとは思ってもいなかった。

それもまさかこんなところで会うなんてな。

数週間前に去ったはずのソルシエに再び戻ってきたのはほんの数日前だ。

なぜこんなにすぐに戻ることになったのか、それは国に帰ってしばらくしてもたらされた情報に関係する。

『なんかルーサブルが、うちの国の港を使って人身売買をしているらしいぞ』

一緒に城を出て傭兵《ようへい》をしていた幼馴染にして現在は俺の側近であるジャンが、そう言って資料を投げて寄越した。

『あ〜、うちはもう人身売買は法で禁止してるだろう。証拠《しょうこ》そろえてしょっぴいて、国に追い返してやれ』

資料を受け取りそう返すと、

『いや、そう簡単にはいかないんだよ。中を見てみろ、うちの国で売買してるわけじゃあないんだよ』

『はぁ、どういうことだ』

言われて資料を開くとそこには非常に厄介なことが書かれていた。

特に治安も悪く落ち着かず厄介な国として有名なルーサブルが、大国ソルシエの国民を秘密裏に人身売買しているというのだ。

ソルシエは近隣諸国でもっとも豊かな国で国民の教養も豊かだ。平民もほとんど字が書けて読めるというすごさだ。よって貴族階級で読み書きができるくらいの教養しか持たぬルーサブルにとって、ソルシエの人々は平民といえども非常に使える人材なのだ。

なので表で必死に自国へ勧誘しているようだが、荒れて小競り合いばかりの治安の悪いルーサブルにあえて行きたがるソルシエの民などおらず失敗に終わっている。

そのため強行手段で攫ってでも連れていきたいというのは、非常に不愉快だがわからなくもないことだ。完全に犯罪なうえにソルシエにも睨《にら》まれるがな。

そんな二国の問題も自国、エテェネルに関係なければ所詮《しょせん》は他人事《ひとごと》と切り捨てられるのに……ったく、ルーサブルの奴ら、うちを巻き込むんじゃねぇよ。

この資料によると、なんとルーサブルは、ソルシエの民を一度、エテェネルの港を経由して自国に持ち込んでいるのだという。

理由としてはソルシエの方でもルーサブルの動きや考えを把握して、ルーサブルへの持ち込みには特に目を光らせているため、人を持ち出すことは難しい。

なので一度、ソルシエとは現国王になってから友好国となり、よい関係を作りつつあるエテェネルを間に挟んでカモフラージュしているのだ。

しかし、うちを経由しているってことはうちの国の奴も関わっているだろうからな。

元々、荒れに荒れていたエテェネル、現国王が即位しようやく落ち着いてきたが、まだまだろくでもない奴が大勢はびこっている。

一掃しようにも数が多すぎてなかなか思うようには進まない。

おそらくそういう輩《やから》が今回の件にも関わっているのだろうが……せっかく友好国にまで漕ぎつけた大国の不況を買うような真似をしているのを見て見ぬふりはできない。

『この件、国王はご存じなのか？』

ジャンに問いかけると、

『お伝えはしたが、先日、東の方で起きた反乱で手一杯のようだぞ』

との答えが返ってきた。

『ああ、また反乱か』

現国王の即位まで、荒れに荒れていたエテェネルにはあくどい商売で甘い汁を吸ってきた輩が大勢いた。

だが、現国王は善良で弱き国民を救い、これまでの腐敗を正そうと政策を取り始めた。

そのため甘い汁を吸えなくなった輩が徒党を組み各地で反乱を起こしているのだ。

『どいつもこいつもやっとまともになり始めた国をまた荒れ地に戻して、今度こそ沈めるつもりか』

俺は苦々しく吐き捨てた。

実際、現国王即位前まで荒れに荒れていたエテェネルはもうほとんど国の形を失っていた。

もうしばらくすれば国はなくなり、他国に吸収されていたかもしれない状況まで追い込まれていたのだ。

それを現国王がそれこそ自分の身を壊してまで、必死にここまで立て直してきたというのに、ただ自分の利にならないからと好き勝手に牙《きば》をむいてくる輩のなんと多いことか。うんざりする。

『よし、この件は俺が調べてくる』

『ん、調べてくる?』

俺の発言にジャンが首をかしげた。

『チマチマ報告を待ってる時間がもったいない。ただでさえ問題は山積みなんだ。自分で出向いてさっさと片付けた方が早い』

俺がそう言って支度を始めると、俺のことをよく知るジャンは特に反対することなく、

『お前一人で何かあったら事だから、何人か連れてけよ』

と使える人材を手配してくれた。

そしてジャンの手配してくれた部下たちとともに、エテェネルの港で人身売買の仲介をしている業者に近づき、エテェネルの職にあぶれたゴロツキとして下っ端に潜り込んだ。

そのまま元締めを捕らえ、厄介な一味を一網打尽《いちもうだじん》にするためにソルシエまでやってきたのだ。

しかし、そうして潜り込んだのはいいが、下っ端には大して情報は伝わってこず、色々と調べて回ってみたが、かなり権力を持った奴らが関わっているのか、秘密は厳重でなかなか元締めのしっぽを掴《つか》めずにいた。

そうしている間にも他の下っ端たちが上の指示の元に着々とソルシエの民を攫ってきていた。連れてこられるのは子どもがほとんどで、親を恋しがって泣く様子はせつないものがあった。

エテェネルでの傭兵暮らしの中でも子どもの人身売買などよく目にしてきたが、エテェネルで売買されている子どもは親に売られた子か孤児であり、親を恋しがって泣くことなどなく、大人びた目で現状を受け入れていた（あれはあれでせつないものがあったがな）。

そのような子どもたちを閉じ込めておくのは可哀《かわい》そうだったが、情報が掴めない中で下手《へた》に怪しい動きはできなかった。

もちろん、ここに自分と部下が潜り込んでいる限りこの攫われた子どもたちをみすみすルーサブルに連れていかせるつもりはなかったが。

まったくガキどももほとんど眠らずに弱っていってるっていうのに、敵のしっぽは一向に掴めねぇし。

俺らは加わったばかりの新参者だからな、前から関わっている奴ならもう少し詳しく知っているのか。

例えば下っ端のリーダー的存在をやっているあのアルノーとかいう奴はどうだ。だが、あいつは頭も切れるようだし、何より余計な無駄話をするタイプじゃあないしな。

そんなことを考えながら、俺は子どもを閉じ込めている部屋へと向かった。

ここの奴らは基本的に攫ってきた子どもに見向きもしない、とりあえず生きていればいいかくらいだ。

唯一、気にしているのはリーダー的存在のアルノーくらいだが、今はその姿もないので弱っているガキどもにこっそり差し入れでもしようかと思ったのだ。

そうして奥まった部屋に着き、扉の前に立った時だった。なぜか中から笑い声が聞こえてきたのだ。

あれだけ日々に絶望して泣いてばかりいたガキどもが笑い声！

ぎょっとなりドアにはまったガラス窓から中をうかがうと、そこには身振り手振りを交え一人演劇を披露する女の姿があった。

閉じ込められた中でそのような行動を取る女に驚きつつ、よく見ればそれが知り合いだったことに俺は二重で驚かされた。

あいつ、なんでこんなところにいるんだ。

捕まった？　いやまさかお貴族、それも公爵家の令嬢がそう簡単にゴロツキに捕まるなんてありえない。ならば勤めているという魔法省の任務か何かか。

でもとりあえず今の彼女の目的はここの子どもたちを笑わせてやることのようで、子どもたちも彼女の話に楽しそうに笑っている。

俺は話が終わるまで扉の前で待った。

そして話が終わり、子どもたちが笑い疲れて眠り始めたのを見計らって、静かに扉を開けて中に入った。


俺が中に入ると、彼女は子どもたちを背に庇いこちらを警戒した。

貴族のご令嬢が平民の子どもを守るその図はなんだか眩《まぶ》しく見えた。

「この状況下でガキどもを笑わせて寝かしつけるとかどんな強者だと思ったら、まさかあんただったなんてな」

俺は小声でそう言うと帽子をずらして顔を見せた。

「あっ！」

女は驚きに声をあげて硬まった。

「よう、まさかもう再会するなんてな。元気にしてたか、カタリナ」

「セザールさん！　なんでここに」

俺は驚いて声が大きくなったカタリナの口をふさいで、人差し指を口の前に立てた。

「しっ、ガキたちが起きちまうし、外にも声が漏れるとまずい」

俺がそう言うとカタリナは無言でコクコクと頷いた。

「ここのガキどもずっと気を張ってて碌に休めてないんだ。せっかくこうして気が抜けて眠れたんだ。しばらく休ませてやらないとな」

俺が子どもたちのことを話すと、カタリナは「そうだったんだ」と漏らした。どうやらその辺のことは知らなかったらしい。それでここまでするんだから大したもんだ。

そうして感心する俺に、カタリナがどうしてここにいるのか問うてきたので、簡単に事情を説明して、

「ところであんたこそなんでこんなところにいるんだ。おまえも魔法省の潜入捜査か？」

そう問うと、

「え、なんで私が魔法省にいることを知ってるの？」

カタリナはまた驚いた様子を見せ、逆に問いかけてきた。

「いや、あんたがあの令嬢だってわかれば、魔法省勤めは有名なことだろう」

何を言っているんだと返すと『近い人たち以外には名前だけの職員で仕事をしているとは思われているのだ』という事情を話された。

確かにソルシエでカタリナ・クラエスという人物を知る前に他者に聞いた時は俺もそんな風に思ったのだが、カタリナに関わり、その行動を見て彼女が名前を置くだけの職員になるとはとても思えなかったのだ。

そう告げ、カタリナも潜入しているのかと問えば、

「え～と、その……確かに誘拐事件の捜査はしていたんだけど……ここにはただ捕まってしまっただけなの」

という予想だにしなかった答えが返ってきた。

「えっ、ちょっと待て、捕まっただけって、どういうことだ？」

「それが仲間の姿を見かけて追いかけてきたらここに着いて、でもって子どもが捕まる現場を目撃したのよ。それを仲間がやっつけているのを感心して見てたら後ろから誘拐犯たちが来てるのに気付かなくて、見つかってそのまま捕まっちゃったのよ」

あまりに間抜けな展開に俺は深く息を吐いて、

「……そうか、それは大変だったな――そしてお前は危機感がなさすぎだ」

つい小言を言うと、本人もそれはよくよく思っていたようで「その通りです。すみません」と反省した様子を見せた。

この間の城での件といいなんとも無鉄砲な女である。

「それでセザールさん、これから私とこの子どもたちはどうなるの？」

おずおずと聞いてきたカタリナに、俺は危機感を持たせるため、あえて言った。

「ああ、このままだと海外に売られるな」

「やっぱり、売られるんだ！」

俺の言葉にカタリナは眉を下げ、悲壮な顔になった。

少しは危機感を持ったようなので、

「それから、俺がなんのためにここにいると思ってるんだ。このまま人身売買なんて真似はさせねぇよ」

と告げると、

「え、セザールさんが助けてくれるの？」

一気にぱぁと顔が明るくなった。こいつ切り替えが早すぎだろう。

「こっちにも事情があるんで今、すぐにって訳にはいかないが、必ず助けてやるから。それまで大人しくしててくれ、そうしたら奴らも大事な商品であるあんたらに無体な真似はしねぇはずだ」

そう言ってやるとカタリナは「ありがとうございます。よろしくお願いします」とそれはそれは素直に頭を下げてきた。

なんというか腹の黒い貴族社会で育っているはずなのに、カタリナは驚くほど素直だ。

疑うということを知らないのかと心配にはなるが、こんな風に真っ直《す》ぐに信頼を向けられるのはなんだか心地よい。

「お前は本当に素直というかなんというか」

「？」

意味がわからないといった風のカタリナの頭をガシガシと撫で「そのままでいてくれよ」と告げ、俺は部屋を出るためドアに向かう。

悪党の商品にカタリナも加わってしまったため、早く解放してやるために色々と急がねばなるまい。

「あの、仲間が捕まってどこかに連れていかれちゃってどうしているか心配で」

ドアに手をかけた俺にカタリナが後ろからそう声をかけてきた。そう言えばカタリナの仲間と思《おぼ》しき人物はこの部屋にはいなかった。

「わかった。確認しておく」

さらに仕事が増えたが、そこは乗りかかった船である。

「ありがとう。お願いします」

とのカタリナの声に軽く手を上げ、俺は下っ端たちがたむろしている部屋へと向かった。

まずはカタリナの仲間がどこにいるのかを確かめなければならない。

たむろ部屋ではいつも柄の悪い輩たちが賭《か》けごとなんかをしてダラダラしているのが常だったが、今回は違った。なにやらあわただしく皆動き回っていた。

なんだ。どうしたんだ。

下っ端でおしゃべりな奴を一人捕まえて聞いてみると、

「なんでもこの辺を嗅《か》ぎ回っている奴らがいるみたいなんで場所を動かすんだと、急にこれから支度して、夜の闇《やみ》に紛れて出発するなんて言われて、まったく上の連中は人使いが荒いぜ」

と不満ダラダラで話してくれた。

嗅ぎ回ってる連中ってのはカタリナたち魔法省の人間か？　居場所を特定したのか？　しかし、それに素早く気付けるここの奴もだいぶ確かな情報網を持っているようだ。やはりそれなりの権力を持った奴が関わっているな。

俺は思考を働かせながら準備とやらを手伝い、なおかつカタリナの仲間と思われる人物について尋ねてみたが、この場にいた奴らには知る者はいなかった。

元々、仲間意識もない下っ端の集まり、互いに関心は薄いからな。

リーダー的存在のアルノーの姿もないので、そちらに捕まっているのだろうか。

とりあえずこの騒ぎに紛れて色々と探ってみるとしよう。

# 第四章　脱出

「……ああ、アルノーか。すまねぇな」

狭く暗い床に縛られて転がされた幼馴染《おさななじみ》に近づき、その顔の泥を布でぬぐってやると、そいつはそう言ってにっと笑った。

俺《おれ》を捜してくっついてきたために、こんなことに巻き込まれたソラは自身がのした男によって痛めつけられてしまっていた。

それでも俺が咄嗟《とっさ》に『これだけの美形、いい商品になるだろうからあまり痛めつけるな』と警告したためそれほどひどくはならなかったが、

「……だから俺には関わるなと言ったのに」

ソラはせっかく真っ当に生きられるようになったのに、俺なんかに関わってしまったがためにこのざまだ。

「いや、これに関しては自業自得《じごうじとく》だろう。お前のせいじゃねぇよ。ってかお前、何してるんだ？」

俺がその手と足を縛っている縄を切ると、ソラは不思議そうにそう言った。

「これから拠点を移すとかでバタついている。その隙《すき》を見て逃げろ。お前一人なら大丈夫だろう」

俺が答えるとソラは困った顔になった。

「……逃げちまいたいのはやまやまだが、さすがにそうはいかねぇよ」

それは予想済みの答えだったので、

「あの女の方もこのバタバタに乗じてなんとか逃がすから大丈夫だ」

ソラの同僚のあのお節介女、カタリナももちろん共に逃がすつもりだ。

二人は元々、売り物として要望されていたリストになかった。

運悪く子どもを攫《さら》っているところを見られたので、そのまま帰す訳にもいかず、では商品にしてしまえとなったに過ぎない。このバタバタで逃げられても、もうバレている拠点を変えるならばさほど問題にならないだろう。

それを伝えればソラも心置きなく逃げるだろうと思ったのだが、

「あ〜、あいつも一緒に逃げられないとまずいのもあるんだけど、俺、まだお前に借りを返せてねぇからな」

とあまりにも予想外なことを言ってきた。

「……はぁ？　お前、この後に及んで何、言ってんだ？」

「いや〜、これって俺がここで逃げたらもうお前には会えねぇだろう。そうするとまた借りが返せねぇままになっちまうからよ」

「そんなの俺が覚えてねぇんだからいいって言ってんだろう。さっさと行けよ」

「……そうもいくかよ。俺の中じゃあでけぇ借りなんだ。だいたいお前、ガキ好きなくせにこんな仕事似合わねぇんだよ。お前も俺たちと一緒にこんなとこ抜けちまえよ」

ソラのその発言に俺は思わず一瞬、硬まってしまった。

それはソラの発言が頓珍漢《とんちんかん》だったからではなく……的を得ていたから、いや得ているということに気付いたからだ。

ガキは面倒で嫌いだ。仕事のために泣かれると面倒だから愛想をよくしているだけだ。

そう思い込もうとしていた。しかし、そこにはかつてスラムで面倒を見ていた弟妹分たちの姿が重なっていた。

子どもに泣かれるとつらい、こんな汚い仕事ばかりしていてるくせに俺は子どもや小さな動物を愛らしく思い好いていた。そんな事実を今、ソラの言葉で初めて気が付いた。

俺ってガキ好きだったのか――。

ずっと押し隠していた思いがあふれてきたが……それを認める訳にはいかなかった。だからすぐに言い返した。

「いや、簡単に言ってくれるが、もう俺はここにかなり深く関わっちまってる。今さら抜けることなんてできねぇよ、追っ手がかかっちまう。それに、俺はもうずっとこんな風に後ろ暗い仕事をしてきたんだ。お前とは違うきったねぇこっちの世界の人間なんだよ」

始まりは同じスラムの出身だった。

ゴミを集めて、こそ泥を働いて日々を食いつないだ。

そして俺は多くの孤児がそうであるように、そのまま薄汚れた仕事に関わりそっちの世界に流れた。薄暗い世界から抜け出せなかったのだ。

初めはコソ泥に、金持ちへのちんけな詐欺《さぎ》くらいだった仕事も、流れ流れて子どもの人身売買まで来てしまった。

一度、巻き込まれればもう抜けられないところにまで来てしまっていた。

まともな世界で生きているソラとはもう交わることはできないのだ。

俺はこうして生きてそのうち、どこかで一人、野垂れ死ぬのだ。

「……だからもう俺に関わるな」

絞り出すように出した声に、ソラは沈黙した。

そして今度こそ去っていくと思ったのだが、

「……あ～、追っ手の方は俺の上司に相談すればなんとなる」

ソラはそう言うと、片手でガシガシと頭を掻《か》きむしり「あ～、こういうの柄じゃねねぇんだけどな」と呟《つぶや》き、

「……あのなこれはお節介女の受け売りだがよ……俺とお前は今、こうして同じ場所にいて、そこに世界の違いなんてもんはないらしいぞ」

ふてくされたような顔でそんな臭い台詞《セリフ》を吐き、こちらへと手を差し伸べてきた。

ああ、そうだ。こいつは――ソラという奴《やつ》はこんな奴だった。

スラムで育ち、まともに生きる奴らを妬《ねた》み嫉《そね》み罵《のの》り、自身の不幸を嘆く奴らが多い中で、こいつは他人を妬み嫉むことをせず、自分は周りに流されない信念を持っていた。

俺はそれをとても好ましく思っていた。

もしかしてこいつといれば真っ当な道へ行くこともできるかもしれないなんて思ったが……ソラはいなくなってしまった。

捕まって売られていってしまったのだ。

スラムではよくあることではあったが、俺はなんとも言えない胸の痛みを覚えた。

それから俺もスラムを離れ転々としたが、ソラのことはずっと覚えていた。

だからこの町でソラを見つけ、ちゃんと暮らしていたことを知り本当に嬉《うれ》しく思ったのだ。

俺はもうこの汚く暗い世界から抜けられない。しかしソラが明るい世界を生きているならそれでいい。

そう思い離れようとしたのに——伸ばされた手を取りたくて仕方ない。

しかし、そうする決断ができないでいた。

伸ばすこの手はもう汚れに汚れていたから。

そんな俺の躊躇《ためら》いを感じ取ったのか、ソラは自らの手を伸ばしやや乱暴に俺の手を掴《つか》んできた。

「行くぞ」

その言葉に俺が思わず頷《うなず》いた時だった。

「すみません。ちょっと話を聞いてしまったんですけど」

その声にぎょっとして振り返ると、部屋の入口に男が立っていた。

最近、入ってきた新入りの男だった。よくいるその辺のゴロツキといった以外に特徴がなく印象も薄く、大して関わりのない男。

今の話を聞かれたのは非常にまずい。

俺はすぐにこの男をどうすべきかを考えた。

こいつ一人くらいならば気絶でもさせて、その辺に押し込めておけば大丈夫か。

そんな思考を感じ取ったらしい男はさっと両手を上げ、

「ああ、俺は別に上に報告するつもりもないんで、逃げるのも協力しますよ」

そんな風に言ってきた。

正直、自分で言うのもなんだが、こんな組織にいる輩《やから》の言葉を簡単に信じることはできず警戒を解かずにいると、男は、

「いや、むしろこちらに協力してくれれば、この組織ごとぶっ壊してやるぜ」

そう言ってにやりと口角を上げ八重歯を見せ、前髪をかき上げた。

露《あらわ》になったその瞳《ひとみ》は金色に輝いていた。

俺はその顔に見覚えがあった。

そうこの顔は――――。

「……金色の狼《おおかみ》」

それはこの近隣諸国の戦場では有名な通り名だ。

金色の瞳を持つ獰猛《どうもう》な狼のような傭兵《ようへい》。

俺は一度だけ、戦場の近くの町でその姿を見たことがあった。その強烈で威圧的な存在感が強く記憶に残っていた。

それなのに今に至るまで同じ場所にいながらまったくその存在に気が付かなかったのだ。俺は唖然《あぜん》とした。

そんな俺を前に男は、

「おお、俺のこと知ってたのか？」

そう言って面白そうに笑った。

そこにはもう先ほどまでの平凡な下っ端といった雰囲気はまったくなかった。

『金色の狼』はその纏《まと》う雰囲気で、ここまで存在感を変えることができるようだった。

噂《うわさ》通り、いや噂以上にすごい男だ。しかしそんな男がなぜ、

「……なんでこんなところに？」

名の知れた傭兵がこんな平和な国で、このような下っ端のゴロツキがするような仕事をしているのか？　怪訝《けげん》な顔をした俺に、

「ちょっと諸事情で、この組織をぶっ潰《つぶ》すためにな」

男はそう言って肩を竦《すく》めた。

こんな凄腕《すごうで》の傭兵がこの組織を壊しに来るということは、俺が考えていたよりこの件はずっとやばい案件なのかもしれない。ということはそんな件に関わってしまった自分は今度こそ命を失うかもしれない。

どこか他人事《ひとごと》のようにそう考えている俺に男が問いかけてきた。

「ただ上の方の情報が掴めなくて困ってたんだが、アルノーさん、あんたならその辺も通じてるんじゃないか？」

自分の身の安全を考えるなら、ここで素直にしゃべるのは得策ではないとはわかっていたが、この男に任せれば確実にソラやカタリナ、攫われてきた子どもたちは助かるだろう。

「上と言っても、ここを牛耳《ぎゅうじ》ってる奴くらいしかわからない。その上はかなり力がある貴族かなんかだと思うが下っ端には教えられていない」

そう告げると、

「おお、じゃあ、とりあえずその牛耳ってる奴でいいや、教えてくれ、そこがわかればそこから聞き出すから」

男はそう頼もしい発言をし、

「まかせておけ」

と八重歯を見せて笑った。

その顔に俺は深い安堵《あんど》を覚えた。

★★★★★

「おい、起きろ。起きろって」

「んん～。もう朝」

なにやら声をかけられ、心地よい眠りから起こされて目を開けると、目の前には知らないおっさんが立っていた。

「いや、まだ真夜中だ。っていうかこの女なんでこんなところで熟睡できるんだ。どういう神経してるんだ」

おっさんが眉《まゆ》をひそめてそんな風に言った。

ん、どういうこと？　というかこのおっさんは一体誰《だれ》だ？

寝ぼけ眼《まなこ》で周りを見渡せば、そこはいつもの自室でもクラエス家の馬車の中でもなく、綺麗《きれい》とは言えない狭い部屋で周りには怯《おび》えた目をした子たち。

――――あっ、そうだ。私、ソラを追いかけてきて、誘拐犯の一味に捕まってしまって、ここに閉じ込められてしまったのだった！

ようやく状況を思い出して「そうだった。そうだった」と納得する私に、おっさんは、

「なんなんだこいつは調子の狂う女だな。ほら起きたなら動け、移動するぞ」

怪訝な目を向けそんな風に言ってきた。

「え、移動するの？」

私がそう聞き返すと、おっさんは、

「ああ、なんでもこの場所が特定されそうなんで、夜の闇《やみ》に紛れて移動するんだとよ。ああ、めんどくせぇ」

と答えとも愚痴とも取れる返事をくれた。

場所がバレたっていうことはレジーナやマリアが見つけてくれたってことかな。

それならもう少しすればここに助けが来る？　ならばここを動かない方がいいのでは。

でもここで下手《へた》に反抗するのは危ないだろうな。セザールは大人《おとな》しくしとけって言っていたし。

そんな風に私が迷って止まっているのをおっさんはどう思ったのか、

「おい、ぐずぐずするな。ここで躊躇っててもいいことなんてないぜ。商品だから手荒に扱うなって言われているが、多少、手を上げるくらいは許されてるんだぜ」

そう言って苛立《いらだ》ったように、私の腕を掴んで引いた。

油断していたため、引っ張られてバランスを崩してそのまま倒れ込みそうになった。

うぉ、これはまずい。顔面から行くかもと目を閉じたが、衝撃が訪れることはなく、それどころか誰かに抱きかかえられていた。

「あれ？」

驚いて目を開けると、そこには見慣れた空色の髪が見えた。

「大丈夫か？」

ソラ色の瞳が心配そうにこちらを覗《のぞ》き込んできた。

「ええ、大丈夫。ありがとう、ソラ」

　お礼を言い、よくよく抱き留めてくれているソラを見れば、なんだか服が汚れているし、顔にはすり傷のようなものができていた。

「ソラの方が大丈夫なの？」

　これ絶対に何かされているよね！　すごく心配したが、ソラは、

「大丈夫だ。問題ない」

　と言い切った。

「……でも」

　私が言いかけると、入口からまた知っている顔が覗いて声をかけてきた。

「おい、あんまり時間がないぞ。さすがにここにいる奴らが、皆で駆けつけてきたら対処に困るから急いでくれ」

「セザールさん！」

「待たせたなカタリナ。もう真夜中だ。お嬢ちゃんはうちに帰る時間だぜ」

　セザールが口角を上げ八重歯を見せてそう言った。

　どうやらセザールの事情とやらが片付いてソラとともに助けに来てくれたようだ。

　今、気付いたが、先ほど私の腕を引っ張ったおっさんは床に伸びていた。ソラがやっつけてくれたのだろう。

　とにかく時間がおしいと、ここをすぐ脱出することとなった。

この建物の中にはまだたくさんの誘拐犯の仲間たちがいるとのことで、子どもたちも連れて逃げるとなるとそれなりに大変だという。

「こちらさんたちの動きが思いのほか早くて、外の仲間にも連絡したがまだ到着しねぇんだ。ここにいるゴロツキなんて相手にもならんが、それでも集団で来られると厄介だ。カタリナ、お前も魔力持ちなら自分の身は自分で守れるか？」

セザールにそう問われたが、魔力って言っても私が持っている土の魔力って、土を少しボコっとして人を転ばせるくらいしかできないのだけど、そう口にするとソラが、

「いや、お前、すごい使い魔がいるだろう」

と言った。

「あ、そうだった！」

私にはポチがいるんだった。

「なぜすぐ忘れるんだ」

ソラが呆《あき》れた顔をする。

「なんかポチは可愛《かわい》がるペットっていう感じだからかな」

「お前、巨大化する狼をペット感覚って……」

ソラはそう言うけど、普段のポチはクラエス家の庭で棒を投げて取ってくる遊びが好きな可愛い子犬なのだ。まぁ、本来は悪役の使い魔という危険なポジションなんだけど。

基本的にクラエス家の庭くらいでしか遊んであげられないため、存在は覚えてても影にいる

のはほぼ忘れてるくらいだ。

「おい、なんか色々とあるみたいだが時間がない。できることがあるなら準備しておいてくれ」

セザールにそう言われて、私は「はい」と頷き自分の影に向かって声をかけた。

「ポチ、出てきて」

すると影の中から『ワン』と鳴き声がして子犬がひょいっと飛び出てきた。

初めてポチを目にしたセザールが驚きに目を見張る。

「へぇー、魔法ってのはすごいもんだな」

実は影の中に使い魔を住まわせているのはソルシエでも私くらいなのだが、そこを説明するのも面倒なので微妙な笑みを浮かべつつ頷いておく。

「じゃあ、行くぞ」

元々、この建物に潜入していたセザールを先頭に私たちは子どもたちを連れて建物を移動する。

最後尾を進みながら隣のソラに、

「そう言えばソラはセザールさんのことを知っているの？」

そう尋ねると、

「なんか有名な傭兵で、ここを潰しに来た人らしいな。なんでかお前は知り合いみたいだけど、どういうつながりだ？」

との答えが返ってきた。

どうやらソラはエテェネルの王子だということは気付いていないようで、私と知り合いなのも疑問だったようだ。

そしてセザールが傭兵をしていたのは知ってたけど有名だったのか。

「あー、その辺は色々とあって話が長くなりそうなんで、また帰ってからゆっくり話すわ」

『城の庭で出会って互いに使用人だと思って仲良くなり、その後、マリアを助けに行ってなんか偉い人みたいと気付いて、その後に王子だとわかった』と説明してもよかったが、これだけ述べると『意味がわかんない』と言われそうな気がしたんで、また改めて話すことにした。

「そうか。まぁ、どうせまたどっかで無自覚に引っかけたんだろうけど」

「え、私、別に変な押し売りはしてないわよ」

誰かを引っかけて物を売りつけたりしていない。

ん、それともひもで転ばせたとかのほうだったかしら？　そんなことは子どもの頃以来やってないしな。

「いや、そういうことじゃないって……あー、なんだすぐに親しくなってくるなってことだ。アルノーとかもそうだったろ」

「ああ、そういうことね」

確かに、前世から人と親しくなるのは早いかもしれない。私って優しくていい人によく出会うからな。運がいいんだろうな。

アルノーもぶっきらぼうだけどいい人だったもんな。ん、そう言えば。

「ソラ、アルノーはどうしたの、一緒に捕まっちゃったよね？」

私がソラを見つけた時、アルノーも一緒にいた。

それで捕まっちゃった時に一緒に建物に入らされていたから、ソラと一緒に捕まってしまっていたと思ったのだけど、その姿が見えない。

そう言うとソラはどうしてか少し驚いた顔をして、それから少し口の端を上げて微笑《ほほえ》んだ。

「あいつは今、ゴロツキを足止めしに行ってる。ちゃんと出る時には合流するから大丈夫だ」

「え、それは本当に大丈夫なの？」

ゴロツキ共ってここの誘拐犯たちのことだよね。それを一人で足止めって危ないんじゃあ。

私は心配で手助けに行った方がいいのではないかと言ったが、ソラは首を横に振った。

「あいつなりのけじめだそうだ。あいつはそれなりに腕が立つし信じて待とう」

アルノーのけじめという意味がよくわからなかったが、ソラの覚悟が決まっている様子に、私もそれ以上は何も言えず頷くしかなかった。

私たちの話が途切れた頃、ついに誘拐犯の仲間と思われる男と鉢合わせしてしまった。

「なっ、お前、どうし……」

男がそう声をあげ終わらないうちに、セザールがさっと男を気絶させた。すごい手際がいい。さすが有名な傭兵だ。

そうしてセザールがさっさと男をのしたのだが、運悪くその後ろからもう一人やってきて、

「お、おい。ガキどもが逃げてるぞー」

大声で仲間を呼ばれてしまった。

セザールは大きく舌打ちし、

「俺の後ろから出るなよ」

と子どもたちに声をかけた。

子どもたちは怯えつつセザールの後ろに固まる。

ソラも警戒し構える。私自身も特に何もできることはないが、とりあえず構えを作ってみる。

男の声にゾロゾロと他《ほか》の仲間たちが部屋から出てきた。

本当に結構な人数だ。これがＲＰＧのゲームなら、『戦わず逃げる』を選択したいところだが、現実はそうはいかない。

いつの間にか前も後ろもふさがれ囲まれてしまっているので、逃げるにしても戦わなくては逃げられない。

「何、勝手に商品を連れ出そうとしてるんだ」「ただじゃおかねぇぞ」

そのようなことを言いながら誘拐犯の男たちが襲いかかってくる。

セザールはそんな男たちの攻撃をさらりとかわし反対にのしていく。まるで流れるような動きでさすがだ。

そんなセザールのすごさはすぐに男たちも気付いたようで、ならばとソラの方へ向かえばこちらもかなりの凄腕なので、やはりあっけなくのされていく。

ちなみに私は何もできないが、ポチがほどほどに大きくなって（建物の都合上、巨大化はできない）噛《か》みついたり、引っ掻いたりして男たちが近づいてこられないようにしてくれている。

そうして男たちがのされたり怯《ひる》んだりして空いた道を進み、途中で攻撃を仕掛けてくる輩をさらにのしていく。

やがて二人と一匹の働きのお陰で、私たちは建物の外へ出ることができたのだけど。

「……どれだけいるのよ」

私は思わずげんなりと漏らした。

やっと建物を出たところにまたさらに仲間と思われる人相の悪い男たちがワラワラと建物を囲んでいて、さっきの人たちと同じことを言って襲いかかってくる。なんか一匹出ると百匹はいるという虫を思い出してしまう。

セザールやソラ、それにポチも頑張ってくれているけど、さっきより相手も増えて少し大変になったようだ。

そんな時、二人と一匹の隙をついて男の一人が、私たちが庇《かば》っていた子どもに手を伸ばした。

まずい！　私は咄嗟に子どもの前に立ちはだかった。

しかし、セザールやソラのように腕っぷしも立たなければ魔法も大して使えない私が、できることはなく、そのまま男に捕まってしまった。

「おい、こいつがどうなってもいいのか。大人しくしろ」

男は私の首を腕で絞め上げてそう叫んだ。

そこで気付いたセザール、ソラが動きを止めて険しい顔をする。ポチも牙《きば》をむいて威嚇《いかく》してくれているが、この状況だとどうしようもない。

「そうだ。そのまま大人しく元の場所に戻れ」

途端に優位に立った男がにやけた声でそんな風に言った。

ああ、また迷惑をかけてしまった。

そもそもソラが捕まってしまったのも私のせいなのに、何度も足手まといになってしまって本当に申し訳ない。

今度こそ自分でなんとかしなくちゃ。逃げ出さなきゃ！

私は覚悟を決め、首を掴んでいた男の腕にガブリと思い切り噛みついた。

「って、てめぇ、何しやがるんだ」

痛みで男は一瞬、腕を離したが、上手《うま》く逃げられなかった私はまたすぐ腕の中に捕まり、怒った男に首を絞められてしまった。

「ぐっ」

と喉《のど》からそんな声が出た。

これはかなりまずいかも……。

「「カタリナ！」」

セザールとソラが叫んでポチもグルルルルと声をあげた。その時だった。私たちの周りがボンヤリと光り始めたのは――――柔らかい霧のような光の靄《もや》があたりに充満していた。

初めは何か敵の新手の攻撃かと思ったが、

「な、なんだ、これは……」

男たちもひどく動揺していたので、どうやら男たちが何かした訳ではないようだ。

私の首を絞めていた男も漏れなく動揺してくれたので腕が緩み、私は大きく息を吸い込んだ。

謎《なぞ》の光も気にはなるが、まずはこの首に腕を回している男からどう逃げようと考えていると
……なぜか男が自ら腕を放した。そして、

「うわー、嬢ちゃん。ひどいことしてすまなかった」

と私に謝ってきたではないか。

え、何、どういうこと⁉

驚きに目を見張っていると、周りを囲んでいた男たちも、

「ひどいことしてすまねぇ」「俺は最低だ」「暴力なんてよくない」

などと言って謝り、なんだったら土下座する人まで現れた。

な、なんなの！　この状況。

さっきまであんなに好戦的だった強面《こわもて》のおっさんたちが必死に謝ってくる訳のわからない状況に唖然とする。

セザールやソラの方を振り返って見てみても、二人もただ怪訝な顔をして訳がわからないといった様子だ。

これどうなってるの？　っていうかどうしたらいいのこの状況。

そうして困惑する私たちの元にその声は届いた。

「カタリナ様！」

焦ったようなその声はよく聞き覚えがあるものだった。

そして声と共に金色の髪を靡《なび》かせて美少女がこちらに駆けてきた。

「カタリナ様！」

もう一度、私の名を呼んでマリアが勢いよく抱きついてきた。

★★★★★

時は少し遡《さかのぼ》る。

私、マリア・キャンベルがひたすら『港のレストラン』の与えられた自室で『光の契約の書』を読み始めてどのくらいの時間が経過していただろう。

カタリナ様たちを助け出すために有益な魔法を探すため必死に読み進めていくも、魔法省ほど辞書も豊富でないここではなかなか上手く読み取れずにいた。

どうにか読み取れた魔法もこの状況で使えるとは思えず、次第に焦りから苛立ちが募っていた。

そんな時、部屋の外から騒がしい音が聞こえた気がした。

何か進展があったのだろうか？　と外へ出てみるとレジーナさん、そしてラーナ様と見知らぬ男の人たちが険しい顔をして話をしていた。

「どうしたんですか？」

近寄って問いかけると、レジーナさんが答えてくれた。

「ソラとカタリナの行方《ゆくえ》を調べても調べても不思議なくらい誰もその姿を見てないのよ。まるで誰かが二人を目撃した人たちの記憶を消してしまったみたいにね」

「それって！」

私が目を見開くとラーナ様がこくりと頷いて、

「おそらく闇の魔力が使われている。ここに来る前に予想した通りここには闇の魔力を持った者がいる」

と重々しく言った。

また闇の魔力、人の記憶や思いを操ることができる魔力、人の命を奪うことで手に入れることができる魔力。

私たちはこれまで何度かその脅威にさらされてきたが、魔法省に入省してからは特に関わることが増えた。特にカタリナ様は自身も偶然からその魔力の一部、使い魔を手にしているのでさらに関わりは深い。

そして――――何度か感じたカタリナ様に向かう悪意に混じった闇の気配。

それに確信が持てずにまだご本人にはお話ししていないが……もしかしたら、闇の魔力を持つ誰かがカタリナ様を狙《ねら》っているのかもしれない。

そんな風に思ってもいたのに――。

カタリナ様、どうかどうかご無事でいてください。

「しかし、実際、目撃者すべての記憶を塗り替えるなんて無理だろう。どこかに落ち度があるはずだ――」

ラーナ様がそう口にすると、同時に入口のドアが大きく開いて、一人の男の人が転げるように入ってきて、

「あの、二人の目撃者をついに見つけました！」

そう叫んだ。

ついに待っていた知らせがきた！

「よくやった！　それでその目撃者はどこにいるんだ？」

ラーナ様がそう尋ねると、男の人はすぐに答えた。

「すぐそこまで連れてきてます……ただ」

そこで彼は顔色を曇《くも》らせた。

「ただどうした？」

ラーナ様も険しい顔になった。私も不安を覚える。

「ただその目撃者が、そのあまり素性のよくない男で、目撃したことは確かなようなんですが、どうも素直に話すかどうか少し怪しくて」

男の人の答えにラーナ様は眉を寄せた。

「それは少し面倒だな」


しばらくして、別の男の人たちに連れられて目撃者だという人物が入ってきた。

その人はお世辞にもいい人には見えず、いかにも柄のよくない人物といった感じだった。

そして彼はまさに見た目通りの人物だった。

「あなたが目撃したという人物がどこへ行ったのかを教えてもらいたいのだが」

そんなラーナ様たちの問いかけに、男はニヤついた笑みを浮かべて言った。

「教えてもいいが、いくら出すんだ」

どうやら男は目撃情報をしゃべる代わりに金銭を要求しようということらしい。

ラーナ様は少し眉を寄せたが、

「いくらいるんだ」

すんなりと交渉に応じた。

「いくらまでなら出せるんだ」

そう言う男にラーナ様が金額を提示すると男は、

「ああ、それならいいだろう。よし金が先だ」

とニヤニヤと言った。

ラーナ様がお金を渡すと男は「このあたりかな」などと広げられた地図でこの近辺を大きく

示した。

「おい、区間が広すぎるぞ。もう少し絞れないのか？」

ラーナ様がやや苛立った声をあげると、男は肩を竦めて、

「もっと詳しく知りたければ、別料金だ」

ニヤニヤとそう言った。

そんな男の態度にラーナ様が小さく舌打ちして、

「こいつ、こうしてドンドン金をせびる気か。キリがないぞ」

と小声で愚痴った。

確かに、この人はこのますぐに教えてくれそうもない気がした。

「ちょっと痛めつけてみようかしら」

隣にいたレジーナさんがすごく軽い感じでそんなことを言ったが、ラーナ様は首を横に振った。

「この手の輩は、痛めつけたからと言って素直に吐くかどうかわからんぞ」

「そうね。どうしましょう。急いでいるのにね」

二人の物騒な会話はさておき、急いでいるのは事実だ。

どうにかしてこの人に早く情報を話してほしいのに、こうしている間にもカタリナ様に何かあったらと思うと気が気ではない。

何か、方法は――――そうだ！　さっき読み解いた契約の書の魔法がもしかして使えるかもし

れない。

私はラーナ様とレジーナさんに、

「あの私の調べた新しい魔法を使えば、話してくれるかもしれません」

そう告げるとすぐにラーナ様から、

「よし、ものは試しだ。やってみろ」

と許可が出た。

私は「では――」と目撃者の男性に向かって手をかざした。

「あ、なんだ。俺を痛めつけようって言うのか、そんなんで素直に話すなんて――」

そう言った男性の周りを光の霧のようなものが漂い始めた。

「な、なんだこれは」

男性は驚愕《きょうがく》し、そして――。

「……俺はなんてことを……困っているあんたらから少しでも金をせびろうと情報を小出しにするなんてあくどいことをして、すまねぇ、知っていることをすべて話すよ。俺があのねぇちゃんたちを見たのは、この通りの――」

急に態度をガラリと変えてこちらに平謝りして、すぐに自分が見た情報を丁寧に教え始めた。

ラーナ様たちはしばし唖然として男を見ていたが、はっと正気に返るとすぐにその情報をメモし、また他の人たちにそのあたりを徹底的に調べるように指示を出し始めた。

そして指示を受けた人たちを送りだすと、

「ちなみにマリア、今の魔法は一体どういうものなんだ」

『悪かったなぁ、この金も返すよ』などと言って連れていかれる目撃者を、怪訝な目で見ながらラーナ様が聞いてきた。

「よからぬことをしている人の心を入れ替える魔法だそうです。初めて使ったのですが、成功してよかったです」

『光の契約の書』に書かれていた魔法、成功してよかった。

「すごい魔法だな。これをかけ続ければ世の中から悪人はいなくなるな」

ラーナ様は感心してそう言ってくれたが、

「あの、これは一時的なものらしくて、しばらくすると元に戻ります」

私がそう言うと同時くらいに、先ほどの目撃者の男が連れていかれた方から『俺の金が～、なんで俺はせっかくの金づるを～』という叫び声が聞こえてきた。

どうやら魔法が解けたようだ。

「……そのようだな」

ラーナ様がなんとも言えない顔でそう言った。

それから目撃者の男の情報を元に捜索すると、どうも外国人やゴロツキが異様にたむろしているという場所があったということで、私たちはそこへ向かった。

すると、そこに着く前の路地にまさに柄の悪い男たちがたくさん集まっていた。

ラーナ様とレジーナさんがそのうちの何人かを捕まえて、尋ねると（脅すと）この先の建物の出口で子どもたちを連れ出そうとしている男女を捕らえるように指示が出ているとのことだった。

男の特徴は青い髪に瞳、女は茶色の髪に水色の瞳。それはまさにカタリナ様とソラさんの容姿だった。

この先にカタリナ様たちがいる！　そうわかったが、そこまでの道のりに集まった人数が多すぎた。

ラーナ様たちが少しずつやっつけてくれているが、何分、人が多すぎて時間がかかっている。もしかしたらこの間にもカタリナ様たちの身に危険が及ぶかもしれない。

私にも何か、何かできることは――――そうだ！　さっきの魔法を使えば、彼らの心を改めさせて道をどいてもらえるかも。

よし、カタリナ様のために――――そう思い私は先ほどより強く強く思いを込めた。

すると、先ほどよりたくさんの光の霧が当たり一面に立ち込め、それまで好戦的にこちらを見ていた柄の悪い人たちがしおらしくなった。

私はすぐに攻撃的でなくなった彼らの脇《わき》を通り抜け、その先へと駆けた。

そして道の先には捜していた姿があった。

「カタリナ様！」

私はそう叫んで、カタリナ様に抱きついた。

そしてその存在を感じ大きく安堵した。

★★★★★

「マ、マリア！　どうしてここに？　っていうかさっきの光の霧みたいなのは何、マリアがやったの？」

　突然現れて抱きついてきたマリアを反射的に抱きしめ返しながら、ここにマリアが現れたのならば、もしかして先ほどの光の霧はマリアの魔法か何かなのかと察してそう尋ねると、

「ラーナ様とレジーナさんが調べてくださって居場所がわかったので助けに来ました。先ほどのは『光の契約の書』に載っていた魔法です」

　マリアははにかんでそんな風に答えてくれた。

「契約の書の魔法？」

　古字で書かれた契約の書、マリアがいくつか読み解いているのは知っていたが、それも今まで知っていたものだけで、このような不思議な魔法を読み解いたとは聞いていなかった。

「はい。カタリナ様たちを捜し出すのに何か使えるものはないかと読み進めていて、見つけました」

「すごいわね！」

魔法省のように辞書も豊富でないこんなところで新たな魔法を読み解くなんてマリアはすごい。

「とにかく必死だったので」

マリアは少し照れたように言った。

「一体、どんな魔法なの？」

こちらに謝り続ける男たちを目にそう聞くと、

「よからぬことをしている人の心を入れ替える魔法みたいです」

「おお、本当にすごい魔法なのね！」

「ただ」

「ただ？」

「しばらくすると元に戻ってしまうんです」

マリアが眉を下げてそう言った時に、マリアの走ってきた方から「おお、俺は何をしているんだ～」という叫び声が聞こえてきた。

どうやらマリアの言う通り元に戻ってしまったようだった。

これはまたあの囲まれていた状況に逆戻りしちゃうの！　と焦ったが、男たちが元に戻るより前にラーナやレジーナたちが次々に男たちを捕らえていった。

他にもいつの間にかセザールの仲間という人たちも到着したようで、彼らもセザールの指示の元に男たちを縛り上げていく。

そうしてあっという間に男たちは皆、縛り上げられ連行され、子どもたちも保護されていた。

子どもたちに「もう大丈夫よ」と声をかけつつ、皆の素晴らしい連携を感心して見守っていると、指示を出し終えたらしいラーナがこちらへやってきた。そして、

「皆、無事か？」

そう声をかけてきたので私は、

「はい。私は大丈夫ですが、ソラが怪我《けが》をしているみたいで」

とソラへと目を向けた。

「大丈夫か、あちらに救護の者を連れてきているから手当てをしてもらうといい」

ソラを確認し、ラーナはすぐそう声をかけたが、ソラは首を横に振り、

「いえ、大したことないので大丈夫です。それより建物の中にまだ知り合いがいるんで俺も一緒に行かせてください」

と男たちを引き渡しこれから建物へと入ろうとしている人たちを示した。

ソラが言ったのはアルノーのことだとすぐわかった。

ラーナはソラの真剣な様子に少し思案した後「無茶はするな」と釘《くぎ》を刺しつつ許可をした。

「あの、私も行かせてください」

私もソラに続いてそう言うとラーナは頷いてくれたがソラの方が眉を寄せた。

「いや、お前は待っていろ」

そう言うソラに、

「私もアルノーが心配なの。ポチもいるし無茶はしないから」

と言い募ると、しぶしぶといった様子ながら「勝手にしろ」と許してくれた。

そして私とソラ、そして『私も行かせてください』と名乗り出たマリアが、魔法省の協力者とセザールの部下の人たちと共に建物の中に入った。

最初に入った時は連行されてたし、出てきた時は追いかけられて必死だったので中をよく見る余裕がなかったのでわからなかったが、決して綺麗ではないがそれなりにいい建物であるようだった。大きさもあり部屋数もある。

「まるで貴族の屋敷みたい」

そう呟いた私の声を拾って、セザールの部下と思われる男性が、

「おお、その通り。元々、貴族が別宅として使ってた場所みたいだぞ。ただ趣味の悪い使い方をしていたみたいだけどな」

そんなことを教えてくれた。

「趣味の悪い使い方って？」

「それはお嬢ちゃんが知らなくていいことだな」

部下の男性はにっと笑ってそこで話を終わらせてしまった。

セザールの部下だからかこの人、セザールに雰囲気がどことなく似ている気がする。

そんな風なやり取りをしながら、部屋を確認していく。

ほとんどの人が、私たちを追いかけて外へ出てきていたため部屋は空だったが、ある部屋の

前に立った時、人の気配を感じるということで警戒してドアを開けると――そこには十人近くの男たちが倒れていた。

そして部屋の真ん中には倒れてこそいないが、今にも倒れそうなアルノーの姿があった。

「アルノー」

ソラがそう叫んでアルノーの元へ駆けていく。私もその後を追った。

近づくとアルノーが傷だらけで、立っているのもやっとなくらいの怪我をしているのがわかった。

ソラがすぐにアルノーの身体《からだ》を支えて、

「お前、この部屋の奴らを一人でやったのか？」

と声をかけるとアルノーは、

「……わりぃ、俺の実力じゃあ、これくらいしかできなかった」

と掠《かす》れる声で言った。

どうやらアルノーはこの部屋の人たちを全部一人でやっつけたみたいだ。

ソラが眉を寄せた。

「……無茶して」

「あの、アルノーさん。すぐに治療してもらいましょう」

そのあんまりにひどい様子に私はそう声をかけたのだが、アルノーは、

「……いい。自業自得だ」

なんて返してきたではないか。

「私たちのために戦ってくれたんですよね。それが自業自得な訳ないじゃない。私たちの恩人です。すぐに治療してもらいましょう！　私、治療してくれる人を呼んでもらいますね」

「……いや、そもそも俺のせいでお前たちは巻き込まれて……」

「すみませーん。治療できる人っていませんか」

「あ、あの私が魔法で治療しましょうか？」

人の傷を癒《いや》したりすることのできる光の魔力を持つマリアがそう声をあげてくれた。

「そっか、マリアって治療できるんだよね。お願いするわ」

「はい任せてください」

「……いや、だから俺は……」

「さぁ、アルノーさん、治療してもらいましょう」

そうしてアルノーに向き合うと、アルノーは眉をひそめていた。

「大丈夫ですか？　だいぶ痛いんですか」

「いや、そうでなく。お前たちは俺のせいで巻き込まれたんだぞ。怒るこそすれ感謝する必要なんて……」

「じゃあ、マリアお願いね」

と私はさっさとアルノーを横にする。

「アルノー諦《あきら》めろ、お前の声は聞こえてない」

「だがソラ、俺は……」

「いいから、お前は言われる通りにしとけよ」

「じゃあ、行きますね」

マリアの手から光がキラキラと出てくる。何度見ても光の魔法は綺麗だな。

マリアの魔法のお陰で少し回復したアルノーはそのまま病院へと運ばれることとなった。

その後にセザールとラーナが何やら難しそうな話をしていたが、とりあえずは一件落着となった。

こうして行方不明になった魔力持ちの男爵家のご令嬢救出任務は無事に終了となった。

# 第五章　さようならまた来ます

「よう、アルノー、調子はどうだ？」

入院している病院の個室にそう言って入ってきたのはソラだった。

「ああ、もう問題ない」

手厚い処置のお陰で傷はほとんど癒《い》えていた。

「そうか、何よりだ」

「色々と世話になった。差し入れもだいぶもらってしまった」

俺《おれ》は病室の棚や机の上に並べられた見舞い品の数々に目をやった。菓子に花にもう載せ切れないほどあふれている。

俺の視線の先に目をやったソラは苦笑した。

「それはあいつが率先して選んできたんだから気にするな、むしろ騒がしくて悪かったな」

「……いや」

騒がしくはあったが、それも心地よいものだった。

これらの見舞い品は、カタリナがあの時、俺の傷を治してくれたマリアという少女と共にやってきて置いていったものだ。

俺の状態を聞いて「もう問題ない」と告げると「ここの菓子は美味《おい》しい。ここのパンはふっくらでお勧めだ」とひとしきり力説し、「しっかり食べて元気になってね」とそれこそ食べきれないほどの量の食べ物を置いていった。

どうやら彼女の頭の中はとりあえず食べ物を食べれば元気が出るという構図らしい。それもらしい気がしたが。

「ソルシエからの事情聴取も終わったらしいな？」

ソラがそう尋ねてきた。

体調が回復したため、少し前にソルシエの役人が来て今回の事件についての詳細を確認していったのだ。

「ああ、事情を聴かれただけで終わった。他《ほか》の連中は捕まったらしいのに俺だけ協力したからと捕まらなかった。体調が戻り次第国外に退去するようにと言われただけだ。ただ情報を漏らした裏切り者だというだけなのに」

今回の騒動の際にエテェネルの依頼で動いていた『金色の狼《おおかみ》』の異名を持つ傭兵《ようへい》に、こちらの情報を提供し捜査に協力したことによって俺は捕まらなかった。

組織からしたら裏切り者であり、同じ犯罪者の一員であったというのに——ひどく罪悪感を覚えた。

そんな俺にソラが、

「ああ、お前な。お前が捕まらなかったのは情報を提供したからだけだと思ってるのか？」

と問うてきた。

「ああ、そうだろう。俺はそれしかしていないからな」

そう答えると、ソラがため息を漏らした。

「お前な、いくらソルシエが生やさしいお国柄でも、それだけでまったくのお咎《とが》めなしになる訳ないだろう」

「そうなのか？　じゃあ、俺はこの後、やはり逮捕されるんだな」

それなら納得だと言うと、ソラはまたため息をついた。

「あのな～、お前は逮捕されないよ。なぜなら他の奴《やつ》らほどの罪を犯してねぇからな」

「……どういうことだ。俺は誘拐犯の一味で子どもを捕まえて売ろうとしてたんだぞ」

おかしなことを言いだしたソラにそう告げると、ソラが指を突き出してきた。

「子どもを攫《さら》ってきたこともなく、他の連中が攫ってきた子どもにはしっかり世話を焼いて面倒を見てやってたらしいな。下っ端連中には『ほとんど仕事しないで上で威張り腐ってる』って評判が悪い代わりに、攫われたガキどもからは慕われてて、皆が『あのお兄ちゃんだけはずっと優しくしてくれた人だから助けてあげて』って嘆願されたらしいぞ」

「……」

まさか裏でそんなことが起こっていたなんて知らなかった俺は、聞かされた事実に硬まった。

「んで結局、お前の扱いは体調が回復し次第、国外退去のみになったって訳だよ」

硬まったままの俺にソラはにっと笑った。

「なぁ、アルノー、お前はやっぱりガキの頃《ころ》から変わってねぇよ。ガキに甘くて面倒見のいい兄ちゃんなんだよ。お前にあんな犯罪組織は似合わねぇよ。もっと違う職につけよ」

そんな風に言ってくれたが、

「……だが、学もなく、まともな仕事についたこともない俺がいまさら……」

と言いかけた時、病室のドアがガチャリと開いて、意外な人物が入ってきた。

「おお、わりぃ。盗み聞きするつもりはなかったんだけど、入るタイミングを見計らってたら偶然、聞こえちまってな」

そう言って八重歯を見せて笑ったのはあの日以来の再会になる『金色の狼』だった。

「お前、職を探してるんだってな。丁度、お前の祖国のエテェネルで探している人材があるんだがどうだ、やらねぇか？」

俺が事情聴取でエテェネル出身の孤児であることを語ったので、それをこの傭兵も知ったのだろう。それで誘ってくれたのであろうが、

「……いや、俺には傭兵は無理です」

そんなに腕っぷしが立つわけではないし、いくら正規の依頼で動くとしても戦場に出るのは気が進まない。

「ははは、傭兵じゃなぇよ。探してるのはガキの面倒を見れる奴だよ」

「ガキの面倒を？」

荒々しい雰囲気の傭兵から出てきた意外な内容に目を見開くと、傭兵は頷《うなず》いて続けた。

「ああ、エテェネルは最近まで荒れに荒れていただろう。だから孤児が多くてな。そいつらを

集めて孤児院立てて面倒を見ることにしたんだが、荒れ地で育った聞かん気なガキどもだから手に負えなくてな。なかなか職員がいつかなくて困ってたんだ。聞いた話じゃあ、お前はスラムでもガキの面倒を見てたんだろう、適任じゃないか。どうだこの話受けないか？」

それは確かに魅力的な話だったが、

「だが、俺は学もないし、身元も不確かで」

子どもに教えられることなどないし、俺自身も孤児で確かな身元もないのだ。そんな人物を果たして雇ってくれるだろうか。

「学は必要ねぇよ、専属の教師も付けてあるしな。まずガキどもにきちんと言うことを聞かせる奴が必要なんだよ。それから身元なら俺が保証してやるからよ」

「あんたが？」

そういえばエテェネルからの依頼で動いていると言ったこの傭兵は一体何者なのだろうといまさら思う。

ただの傭兵ではないとは思ったが、おそらくそれなりに地位のある人物とつながっているのだろう。そう思ったのだが、その後、傭兵の口から出てきたのはとんでもない名だった。

「ああ、俺が。俺のもう一つの名、セザール・ダルの元に丁重に紹介してやるよ」

「セザール・ダル……エテェネルでダルってことは!?」

ソラが驚きに硬まる。俺も目を見開いた。

「じゃあ、あんたは……いえ、あなた様は――」

俺がそう口を開くとセザールはにっと笑った。

「様は入らねぇよ。今の俺はただの傭兵だ。しかし、ダルの名を持つ者として自国を荒らし、お前たちに苦労をかけたことは謝らせてもらう。すまなかった」

エテェネルでダルの姓を名乗れるのは王族だけだ。

つまりは目の前の彼は王族の一員だということだ。

そんな人物が自分たちに頭を下げているという状況に俺はめまいを覚えそうになる。

「そして、これからエテェネルを必ず住みよい国にしていくと約束する。だから戻ってきて見届けてくれないか？」

セザールはそう言って手を差し出した。

俺は今度は、その差し伸べられた手に自ら手を伸ばした。

真っ当な暮らし、そして帰る家、欲しかったものを手にするために。

「お前はどうする？　お前もこいつと同じエテェネルの育ちなんだろう。色々とあって身柄がソルシエの預かりになってるらしいが、俺が掛け合えば戻ってこられるかもしれんぞ」

セザールは俺の隣にいたソラにもそう声をかけたが、

「俺は……俺はもうここに守りたいものができたからいいです」

ソラは真っ直《す》ぐな目をしてそう返してきた。

「そうか、ならば達者で暮らせ」

セザールはそれからまた手続きの書類等を持ってくると言って嵐《あらし》のように去っていった。

二人きりになった個室で俺はソラに、

「……幸せになれよ」

そう呟《つぶや》くと、ソラはくしゃりと顔を歪《ゆが》め、

「お前もな」

とぶっきらぼうに返してきた。

通りから響いているのであろう人々の賑《にぎ》わった声がいつの間にか心地よく感じるようになっていた。

★★★★★

事件が解決しても、誘拐事件の後処理が残っていたのですぐに魔法省には戻れなかった。

空いた時間に入院中のアルノーのお見舞に行ったりしつつも書類処理やら、情報提供やらをこなしてようやく落ち着いたのはこの港街に来てから一週間以上が過ぎた頃だった。

怪我《けが》でしばらく入院していたアルノーもだいぶ良くなってもうじき退院することとなった。

私たちがもうすぐ魔法省に戻るのを報告に行くと、アルノーも退院したら、故郷であるエテェネルへ帰るのだと話してくれた。

『そっか、それじゃあ、もう会えないのね』

なんだか少し寂しくなってそう言うと、アルノーは、

『いつかエテェネルがもっと安定したら遊びにでも来い』

と言ってくれた。

ちなみにソラはアルノーに、

『落ち着いたら手紙でも寄越せ』

そう言って魔法省の寮の住所を渡していた。

今回、アルノーが故郷に帰るということでもしかしたら同じようにソラも帰ってしまうのではないかと心配になり思わず、

『ソラも帰るの？』

と聞くと、

『……俺の身柄は魔法省の預かりだからな』

そっけなく返された。

そうだった。忘れてしまいがちだが、ソラは闇《やみ》の魔力を手に入れさせられてしまったために、身柄を魔法省預かりにされているのだった。本人の意思でここにいるわけではなかった。

『……じゃあ、ソラは本当は帰りたいんだね』

そりゃあ、故郷のほうがいいよね。なんだかシュンとしてしまった私に、ソラは、

『……別にそうでもない』

とぶっきらぼうに言い、また私の頭をぐちゃぐちゃにしてくれた。

頭への攻撃は困ったが、その言葉は嬉《うれ》しくて私はニマニマしてしまった。

そんな風にアルノーとの別れを済ませ、私たちは馴染《なじ》んできた港街オセアンにさよならすることになった。

一週間以上過ごしてだいぶ町にも馴染んできていたので、私たちが帰る時にはレストランの常連さんやご近所さんが大勢、見送りに来てくれた。

魔法省の職員だということは内緒なので、用ができて地元に戻ることになったという設定の元、さよならすることになった私たちとの別れを皆がなごり惜しんでくれた。

「もう帰っちまうのかい。もっといればいいのに」

「もうマリアさんのお菓子が食べられなくなるなんて悲しいです」

「カタリナさんがいなくなると一気に寂しくなっちまうよ」

皆、そんな風に言ってくれて、お土産《みやげ》にと特産のフルーツなどの食べ物から置物までたくさん持たせてくれた。

そして抱えきれないほどのお土産を手にラーナ、ソラ、マリアと共に来た時と同じ馬車に乗り込んだ。

「また来てくれよ」「待ってるから」「またね」

口々にそう口にしてくれる皆に、

「さようなら、また来ます」

と窓から顔を出して手を大きく振って、私たちは港街オセアンを後にした。

最近では馴染んできていた潮の香りのする風が頬《ほお》を撫《な》でていった。

★★★★★

私、ラーナ・スミスこと本名、スザンナ・ランドールは魔法省への報告を終えると、今回の件に協力してくれた私の表の顔の婚約者である第一王子のジェフリー・スティアートの元に報告へと訪れた。

「最近、忙しくて碌《ろく》に姿も見に行けないんだ。もうストレスが溜《た》まっちゃうよ」

弟たちを異様なまでに溺愛《できあい》する変態であるジェフリーは会った早々にそう言って嘆いてきたが、私は冷たい目で返した。

「だからこうして物を集めているのか。物の窃盗《せっとう》、これはもう犯罪だぞ」

そこには『アランのタオル』『ジオルドのペン』『イアンの本』などとメモされた物が並んでおり、久しぶりに大いに引かせてもらった。

この変態はついに似顔絵を愛《め》でたり、隠れて盗み見をするだけでは飽き足らず弟たちの物を盗むようになったらしい。越えてはならない線を越えたな。

「いやだな。スザンナ。さすがの僕も窃盗はしていないよ。これはもう使用できなくなって捨てられたのをこっそり拝借してきただけだよ」

「どちらにしても気持ち悪いわ」

にこにこと言うジェフリーにそう返してやるが一向に堪《こた》えた様子はないので、もう無視して話を進めることにした。

「それで今回の件だが、先に便りを出して報告した通りで、やはり闇の魔力を持つ者が関わっていた。それも私たちが行方《ゆくえ》を追っているサラという女で間違いなさそうだ」

「そうか、やはり彼女か。いや～、色んなところで活躍してるね彼女、仕事熱心だね。一体、何がしたいんだろうね」

「そのあたりはまたわからなかった。今回の件に深く関わっていた貴族もだいぶ操作されていたから、証言はあいまいで的を射ない」

「う～ん。どうやって接近したかもわからないなんて、すごいな。でも、彼女単独では貴族に取り入るのは厳しいだろうから、きっと陰でバックアップしている大物がいるんだろうな」

「おそらくそうだろうな」

「ああ、せっかく平和な国になって弟たちの未来もひらけてきてるっていうのに、勘弁してほしいよ」

ジェフリーは冗談のように嘆いたが、その瞳《ひとみ》は真剣さを帯びていた。

日頃からふざけている変態だが、この男が弟たち、そして国のことをきちんと考えていることは私も理解していた。

「それからこれも便りに書いた通りだが、今回の件、エテェネルのセザール王子も介入してきた。だいぶ助けられたが、エテェネルの人間も深く関わっていたということで今回は貸し借りはなしだという話になった」

「ははは、それは助かったよね。あんまり外国の要人に借りを作りたくないからね」

「まったくだ。あとこの資料は便りで書ききれなかった分の報告書だ。時間がある時に目を通しておいてくれ」

私がそう言って書類を渡すと、ジェフリーはいつもの笑顔で、

「わかった。忙しい中、わざわざ来てくれてありがとう」

と礼を言ってきた。

「構わん。お前も無理するなよ」

実は密《ひそ》かに目の下に隈《くま》を作っているジェフリーにそう声をかけると、彼はきょとんとしたのち、

「ははは、スザンナもね」

と笑ってみせた。

私は手を上げてそれに応《こた》えて彼の部屋を後にした。

城から出ると空は夕暮れに染まっていた。

一週間ぶりに見る王都の空はとても綺麗《きれい》だった。

「――――ということで無事に任務を終えたという訳です」
★★★★★
馬車での長めの旅を終えて魔法省へ戻ると、あらかじめ知らせを出していたからか、また義弟や友人たちが帰還を待っていた。

私が馬車を降りると帰還の挨拶《あいさつ》もそこそこに、そのまま一人、魔法省の客間に連行されてしまった。

そして「どんなだったの」「大丈夫でしたか？」「お怪我はありませんか？」と質問攻めにあった。

毎度のことながら、あまりにも心配してくる皆を安心させようと私は『ウェイトレスとして活躍し、その後、ソラと共に誘拐犯のアジトに連れ去られ、ポチやソラ、マリアの活躍もあり、無事に誘拐犯のアジトから脱出し、誘拐犯たちも皆、捕まった』という事の顛末をざっと説明したのだが……皆、安心するどころか顔を険しくしてしまった。

あれ？　何も問題なくめでたしめでたしとなるはずだったのに、どうして？

「ちょっと待って義姉《ねえ》さん。今回はただ情報収集をするだけの危険のない任務だって言ってなかった。なんで敵のアジトに連れ去られるような事態になったの」

キースが眉《まゆ》を寄せた厳しい顔でそう言ってきた。

「あ、あのね。そこはちょっとしたアクシデントがあったのよ。偶然、本当に偶然、敵のアジト前に居合わせちゃってね」

「偶然、敵のアジトの前に居合わせるとはいったいどんな状況なんですか、カタリナ」

ジオルドがそう言って大きなため息をついた。

「そ、それは、そのソラの後を追っていたら……」

「ソラって、あの同僚のですよね。なんでカタリナが彼の後を追ったんですか？　一人でですか？」

ジオルドの目がぎらりとなった。なんで、そこに食いつくのだ！

「え〜と、偶然に出先で見かけて一人で追いかけたんだけど……」

「なんでそんなことしたの義姉さん。そういうことはしないでって言ってあったじゃないか」

キースの眉がまたぐっと上がった。

そういうことってどういうことだ〜！

駄目だ。これ、何を答えてもジオルドとキースに怒られるやつだ。

誰《だれ》か助けてくれないだろうかとメアリやソフィアの方へチラリと目を向けるが、

「連れ去られたって、まさか何かされて……」

メアリが顔を青くした。

「え、いや。何もされてないわ。ちょっと閉じ込められたくらいよ」

「閉じ込められたって、大変ではないですか。暗くて汚い牢屋《ろうや》に入れられたのですか！」

ソフィアは相変わらずの妄想、いや想像力だ。

「いや、広い部屋じゃなかったけど、牢屋とかじゃなかったから。それに何事もなく脱出できたから」

「というかどうやって脱出したんだ」

今度はアランが不思議そうに聞いてきた。

「あ～、それはですね。ソラやポチが敵をちぎっては投げ、ちぎっては投げしてやっつけながら進んだんですよ」

「おい。それは何事もなく脱出できたとは言わないだろう。力技で無理やり出てきたんだろう」

アランが呆《あき》れたという風に言った。

「え、まぁ、そういう言い方をすればそうですけど」

「そういう言い方も何もありませんよ。強引に逃げてきてるじゃないですか。それで本当に危険なことや怪我はなかったんですか」

ジオルドがまた険しい顔でそう言って迫ってきた。

こ、怖い！

「だ、大丈夫です。怪我一つありませんでしたから」

私がそう言ってブンブンと手を横に振ると、これまで黙っていたニコルがいつもの無表情ですっと出てきた。

「しかし、その言い方だと危険なことはあったのではないか」

「……えっ⁉」

ニコルにじっと見られ、なんだか見透かされているような気分になり、つい黙っていようと思ったことを白状してしまった。

「その、逃げる時に子どもを庇《かば》って少し捕まってしまいました」

「えっ、捕まって！　それで大丈夫だったのですか！」

さらに青くなるメアリに、私は慌てて、

「あの、大丈夫、少し首を絞めつけられただけで……」

とさらに余計なことを漏らしてしまった。

「捕まって首を絞めつけられた。義姉さん、ものすごく危なかったじゃないか！」

「首は怪我は大丈夫だったんですか⁉」

皆がばっと私に寄ってきてそう確認してきた。ああ、心配させてしまった。

私は慌てて手を横に振り、

「あ、その、一瞬だったので、本当になんともなかったのよ」

と無事であることを力説した。

『ほら、何の痕《あと》もない』と首のあたりを見せると皆はようやく納得してくれて、ほっと息を吐いた。

そうして少し落ち着いたところで、

「……カタリナ。あなた、それで危険はなかったなんて……」

「ものすごく危険だったじゃないか」

つくづくと言った感じでため息まじりにそう言われた。

ああ、これはまずい展開だな。

「で、でもね。すぐにマリアが魔法で助けてくれて、なんともなかったのよ。というかマリアが新しい魔法を覚えてね。それがすごくて」

私は、なんとかマリアの新しい魔法の話にでも持っていこうとしたが、

「……義姉さんの思う危険と僕たちの思う危険には大きな隔たりがあるね」

「そうですね。カタリナ様の思う危険の度合いは、私たちよりだいぶ高い位置にあるようですね」

まったく上手《うま》くいかなかった。またも二人に厳しい目を向けられた。

「……そ、そうかもしれないけど、でも実際には大丈夫だったから……」

なんとかもごもごと言い訳すると、

「これはもうやはりどこかに閉じ込めて、勝手に動き回れないようにしたほうがいいかもしれないですね」

などとジオルドが恐ろしいことを言い出したではないか、

「……いや、そこまで」

私は大いに引いたのだが、キースときたら、

「確かにあまり危ないところへ行けないように行動範囲を定めるのはいいかもしれないな。ただジオルド様ではなく僕ら家族がしますので、そこはお手数をおかけしませんので」

なんて賛同してしまったではないか。

なんでキース、いつもはジオルドの話になんて乗らないのに！

「いいえ。そこは婚約者である僕が責任をもって対処しますので任せてください。なんだったらもうカタリナはお城へ連れていきましょうか」

「いえいえ。義姉さんのことは家族でどうにかしますので、まだお城へは行かせませんので」

「キース様、よかったら私たちも協力しますわ。お友達ですもの。ねぇ、アラン様」

「あ、ああ」

「なら私たちも、ねぇ、お兄様」

「そうだな」

「あなたたちは関係ないでしょう。これは僕とカタリナの結婚の話ですよ」

「いえ、ジオルド様、そんな話はしていませんから」

なんだか私の行動を制限するという話で盛り上がりつつある。

しかも恐ろしいことに皆、協力的だ。

これはさらにまずい展開になってきたなと、私はこっそりとその場を逃げ出そうとするが、

ドアを開けたところですぐに見つかった。

「あ、義姉さん、まだ話は終わってないよ」

「カタリナ、どこへ行くんですか？」

そう呼び止められたが、そこで上司への報告から戻ってきたマリアの姿を見つけたので、

「私も報告に行ってきます」

マリアの次あたりに報告に来るように言われていたので、丁度いいとその場を後にした。

またキースあたりから小言はもらうかもしれないが、それでも皆で来られるより分散されているだけましだ。

そして、久しぶりに戻ってきた魔法省の廊下を駆けながら、どうやって行動制限の話をなくしていこうか考えた。

やはりいかに私が活躍して素晴らしかったか、実はほとんど危険はなかったって改めてソラやマリアにも説明してもらえばなんとかなるわよね。

そんな風に考えた私は、この後、皆がマリアから私がアジトを脱出後に知人を捜しに再び、アジトの中へ戻ったことなどを聞き出しさらに行動制限案が具体的に検討されることとなってしまうことをまだ知らなかった。

とにもかくにもこうして男爵令嬢誘拐事件は幕を閉じた。

# あとがき

皆さん、こんにちは、あるいはお久しぶりです。山口悟と申します。

『乙女ゲームの破滅フラグしかない悪役令嬢に転生してしまった…』9巻目になります。

小説投稿サイト『小説家になろう』様に投稿させて頂いていたこの作品に、一迅社の編集部の担当様から声をかけて頂いてから早5年の月日がたちました。

連絡を頂いたばかりの頃は『新手の詐欺ではないか』などと疑ってしまい、担当様に『直接、挨拶に伺いましょうか?』と言わせてしまって、申し訳ありませんでした。

1巻の書籍が出来上がって見本誌を頂いた時は嬉しくて感動しました。

その後、2巻も出して頂き『人生のいい記念の品ができた。本当に良かった』とほくほくしました。

そんなこの作品が……まさか5年たち9巻目までも、出して頂けることになるなんて、あの頃は想像もしていませんでした。

そして、この9巻が出る頃にはテレビアニメも放送されている予定です。

自分の書いた作品を書籍化して頂いたことだけでもすごいことだったのに、それがまさかアニメにまでして頂ける日がくるなんて、本当に夢のようです。

素晴らしいスタッフさんたちの元で出来上がった素晴らしいアニメをテレビ画面で見られるのを楽しみにしています。

投稿サイトから始まったこの作品が、ここまでこられたのも、作品を読んで応援してくださった皆様のお陰です。

いくらお礼を言ってもたりないくらいですが、皆様、本当に本当にありがとうございます。


今回の9巻の内容ですが、近隣会合から魔法省へ戻ったカタリナたちに、新たな事件が忍び寄ってきます。

魔力を持つご令嬢の誘拐事件、その手掛かりを追ってカタリナ、ソラ、マリア、ラーナは港街、オセアンへと向かいます。

今世での初めての海ということで少しだけ浮かれつつも、情報収集の任務の一環としてレストランで働くことになったカタリナ。給仕係を担当することになり、はりきります。

また基本的にマリアとソラにくっついて行動していたカタリナは、二人のお邪魔虫になっていることに気がつき『これではゲームの悪役と同じだ！　このままでは破滅してしまうかも、なんとかしなければ！』と決意をあらたにします。

果たしてカタリナたちは無事に事件を解決できるのか！

そしてカタリナはお邪魔虫を脱会できるのか！

再びあの人も登場します。どうぞよろしくお願いします。


この９巻発売の次の月には、ひだかなみ様によってコミカライズして頂いている『乙女ゲームの破滅フラグしかない悪役令嬢に転生してしまった…』の５巻が発売になります。ここからついに学園祭編がスタートになります。

小説の方ではもうお馴染みになっているあの人もついにコミックに登場するのか！

とても楽しみです。


最後に、素敵なイラストを描いてくださったひだかなみ様、編集部の担当様、また本作を出版するのに力を貸してくださったすべての皆様に心よりの感謝をもうしあげます。

皆様、本当にありがとうございました。

山口　悟

IRIS ICHIJINSHA

# 乙女《おとめ》ゲームの破滅《はめつ》フラグしかない悪役令嬢《あくやくれいじょう》に転生《てんせい》してしまった…9 特装版《とくそうばん》

2020年5月1日　初版発行

著　者■山口 悟
発行者■野内雅宏
発行所■株式会社一迅社
〒160-0022
東京都新宿区新宿3-1-13
京王新宿追分ビル5F
電話03-5312-7432(編集)
電話03-5312-6150(販売)
発売元：株式会社講談社
(講談社・一迅社)

印刷所・製本■大日本印刷株式会社
DTP■株式会社三協美術

装　幀■萱野淳子



ISBN978-4-7580-9262-3


●この作品はフィクションです。実際の人物・団体・事件などには関係ありません。

この本を読んでのご意見
ご感想などをお寄せください。

**おたよりの宛て先**

〒160-0022
東京都新宿区新宿3-1-13
京王新宿追分ビル5F
株式会社一迅社　ノベル編集部
山口《やまぐち》 悟《さとる》 先生・ひだかなみ 先生

IRIS 一迅社文庫アイリス

悪役令嬢だけど、破滅エンドは回避したい——

## 『乙女ゲームの破滅フラグしかない悪役令嬢に転生してしまった…1』

頭をぶつけて前世の記憶を取り戻したら、公爵令嬢に生まれ変わっていた私。え、待って！　ここって前世でプレイした乙女ゲームの世界じゃない？　しかも、私、ヒロインの邪魔をする悪役令嬢カタリナなんですけど⁉　結末は国外追放か死亡の二択のみ⁉　破滅エンドを回避しようと、まずは王子様との円満婚約解消をめざすことにしたけれど……。悪役令嬢、美形だらけの逆ハーレムルートに突入する⁉　破滅回避ラブコメディ第１弾★

著者・山口 悟
イラスト：ひだかなみ

悪役令嬢だけど…
破滅エンドは
回避したい
乙女ゲームの
破滅フラグしかない
悪役令嬢に転生してしまった…
キャラクター原案・コミック／ひだかなみ　原作／山口 悟

WORLD Character
悪役令嬢の
破滅回避コメディ
ZEROSUM《ゼロサム》にて
長編コミック
連載中!!
キャラクター原案のひだかなみによる
待望のコミック化★